# 女娲

## 之 为母则刚

阿改 念远怀人 著

北京联合出版公司
Beijing United Publishing Co.,Ltd.

## 图书在版编目（CIP）数据

女娲之为母则刚 / 阿改，念远怀人著. — 北京：北京联合出版公司，2020.10
ISBN 978-7-5596-4533-3

Ⅰ. ①女… Ⅱ. ①阿… ②念… Ⅲ. ①民间故事—作品集—中国 Ⅳ. ① I277.3

中国版本图书馆CIP数据核字（2020）第164506号

## 女娲之为母则刚

作　　者：阿　改　念远怀人
出 品 人：赵红仕
责任编辑：徐　樟
特约编辑：田　源
装帧设计：輿書工作室
内文排版：高巧玲

北京联合出版公司出版
（北京市西城区德外大街83号楼9层　100088）
北京联合天畅文化传播公司发行
北京美图印务有限公司印刷　新华书店经销
字数59千字　787毫米×1092毫米　1/32　4.75印张
2020年10月第1版　2020年10月第1次印刷
ISBN 978-7-5596-4533-3
定价：42.00元

**版权所有，侵权必究**
未经许可，不得以任何方式复制或抄袭本书部分或全部内容
本书若有质量问题，请与本公司图书销售中心联系调换。电话：（010）64258472-800

女媧

伏羲

赤子

西王母

共工

颛顼

# 目录

| | | | |
|---|---|---|---|
| 第一章 | **孤身逃亡** | ………… | 1 |
| 第二章 | **抟土造人** | ………… | 13 |
| 第三章 | **瑶池冰玉** | ………… | 27 |
| 第四章 | **赤子诞生** | ………… | 39 |
| 第五章 | **王母降罪** | ………… | 53 |
| 第六章 | **寻向人间** | ………… | 65 |
| 第七章 | **凡人之家** | ………… | 73 |
| 第八章 | **绝地天通** | ………… | 87 |
| 第九章 | **洪水滔天** | ………… | 101 |
| 第十章 | **天倾西北** | ………… | 113 |
| 第十一章 | **炼石补天** | ………… | 125 |

第一章

孤身逃亡

女娲一直在向西逃亡。

她已经逃了好些日子了。她在广袤的森林里,茫然地用变化出的两条腿在大地上行走。她现在对这样的行走方式已经不陌生了。

如果她恢复龙身,逃亡的速度可以提升百十倍不止,但她不敢,因为追杀她的就是龙族。龙是这方天地中最强盛的种族,可大可小,可隐于江湖,可出没云端,所以女娲会尽量避过江河湖海,甚至躲开头上的云彩——里面随时都埋伏着龙。

"我还算是龙吗?"女娲想,"反正龙族都不承认我是龙,索性不做龙了。真的好想伏羲呀,他还好吗?"

女娲想起她与伏羲分手的那日。

女娲和伏羲本是双胞胎兄妹,在龙族聚卵的圣山上破壳出生时,头上也没有角,这并不奇怪。在龙族的进化谱系里,最低级的龙只不过是普通的虺。虺更类似两栖大蛇,经过五百年修炼,可以看破天机,化为带鳞的蛟;蛟修行千年,变化为龙;龙再修行五百年,或能生出角而成角龙；若角龙有大志，再修行个一千年，就能成为有翼的应龙，成为龙中的最强者，可呼风唤雨，上天入地，号令百兽。如今的龙王就是一条应龙。应龙之上，还有一条传说中的祖龙存在，就是烛龙，又叫烛九阴。传说烛龙是盘古开天地后由其右臂所化，掌管天地的昼夜与时间，是这个世界最古老的一部分。

伏羲与女娲出生后，被当作蛟。蛟跟角龙的区别是——头上没有角，并且只有一对前爪。可是这对兄妹越长越怪，他们头不大，圆圆的，披满了黑发；嘴小小的，没有尖牙；小小的前爪上根本没有利甲，上半身光滑柔嫩，下半身是一条长长的蛟尾……本来这样的变异只会招来同类的嘲笑与欺辱，可这对兄妹却显示出远比蛟更高的能力。他们可以如角龙一般善于变化，能大能小，小小的圆脑袋里好似有无穷的智慧。兄妹俩曾携手击败过数条高阶角龙的围堵……这对兄妹的力量还在不断地增长。

这种似龙非龙的潜力令龙王惊惧，终于对这对兄妹发出了围剿的诛杀令。

多年来，这对兄妹隐遁在各种崖深岫险、鸟兽罕至的无名大山之中，白昼只得待在断崖的深穴里。

隆冬时节，大雪纷飞，山石林木尽为白雪覆盖，别有一番景致。雪停后，趁着天尚未黑尽，伏羲与女娲照例出穴来到崖边的一处山岭，兄妹将蛟尾缠在一棵巨松的枝干上。闲谈间，自然又聊起前尘往事来。

"羲，这样的日子什么时候才是头啊？"女娲问道。

"快了，快了……"伏羲如往常一样回答。

"你总是说快了快了，可我们都已经忍了这么久了，龙王为什么还不放过我们？"女娲有些幽怨，"就因为我们和他们不一样？"

"唉，"伏羲叹了一口气，"龙王认为龙族应该分三六九等，差序等级天经地义，殊不知当年第一条长出翅膀的应龙，在角龙眼里也是怪物。龙王说这是为了维护龙族纯正的血统，其实是因为我们出生在底层，却拥有能够挑战他的力量吧。"

"枉我龙族自诩高贵，不想心胸狭隘至此……要不，我们就去挑战龙王吧。"女娲语音未落，伏羲忽然"嘘"了一声，盯着一株苍劲虬曲的黑松沉声说："出来吧。"

只见原来纹丝不动的黑松仿佛被疾风撼动，松冠上的雪扑簌掉落，一条有角的虬龙在暮色中自树干盘旋而下，一边趋步向前，一边说道："伏羲女娲，别来无恙啊？"

伏羲不答话，蓄劲于身，慢慢弓起了身子。女娲却道："这些年来，尊者锲而不舍地追踪我们，风餐露宿，劳苦如此，何必呢？"

虬龙哼了一声："我们龙有兔眼、鹿角、牛嘴、驼头、蜃腹、虎掌、鹰爪、鱼鳞、蛇身，集九兽之长，可腾云驾雾，翱翔九天……你看看你们！龙身之上的那颗、那颗、那颗……嗨，连它叫什么我都不知道了，丑陋之极，可笑之极，龙族的脸都被你们丢尽了！"

"丢了龙族的脸，就该被驱逐、被屠戮吗？"女娲摸了摸自己光洁的脸。

虬龙冷笑道："龙王本想放你们一条生路，可鸟兽杂处，有嘴碎的便明里暗里嘲笑龙族软弱，任由家丑外扬，更有人认为你们是变异的妖兽，必将给四方带来灾祸。妖兽都不除，龙族何以号令百兽？"

虬龙翘起尾巴，用尾鳍挠了挠自己的角，嘴角一撇，突然旋身摆尾，龙尾便如同长鞭一般，向伏羲、女娲横扫过来。伏羲卷起女娲往上一提，避开了袭击，瞬间后撤到十几丈外的空地上。虬龙疾追，尾巴却不忘回旋一周，击在就近的几株松树上。刹那间，四周松树上的白雪如粉尘般炸开，八条无角的螭龙应声而落，将伏羲、女娲围在中央。

伏羲沉声道："凭你们不行。"

虬龙、螭龙都不应答，只收缩包围圈，却又不着急进攻。伏羲侧首看着女娲，兄妹便心意相通：后面还有援军！

不待虬龙、螭龙反应，伏羲、女娲的蛟尾交缠在一起，交颈而啸，那清越的啸声不仅震得虬龙、螭龙气血上涌，更是扶摇直上，仿佛要在愈加昏沉的天幕中撕开一道口子。

不多时，远处传来低沉的声响，初时像手擂虎皮大鼓，继而像万马奔腾，中间夹杂着林木断裂的清脆声。顷刻间，层层叠叠的声浪排山倒海而来——雪崩了。

龙由水畜进化而来，虽有控制水的能力，但山顶积雪崩裂之后，裹挟万吨泥石、树木而下的威力，却不是几条虬龙、螭龙可以抵挡的。眼见着雪浪如海啸般倏忽而至，虬龙、螭龙赶忙飞升至空中，腾挪跳跃，以避其势。过了好一会儿，如同山体滑坡般的雪崩终于势头稍歇，雪雾消散，虬龙俯瞰身下，原来的松树被白雪覆盖，只露出稀疏的几丛松针。

伏羲、女娲，早已不见踪迹。

虬龙愤恨不已，心想伏羲、女娲多半已趁机逃走，又勉强安慰自己，或许他们已被雪崩所摧折，他在雪地上焦躁地刨了几爪子，终于龙须一竖，唤起在一旁呆看的那几条粗壮螭龙："走吧！"

仿佛一切都没有发生过似的，天地复归平静，长夜寂寂，偶有长风吹过，拂落那些未被掩埋的树梢上的片片雪花。

伏羲、女娲当然没死。

积雪倾注而下之时，趁着虬龙、螭龙慌乱腾空，伏羲、女娲长吸一口气，以气御体，在周身形成一个球状护罩，顺着雪势向山崖滑落，坠入万丈谷底。中途伏羲抱着女娲，长尾卷住崖边的一株松树，荡出一个弧形，往黝黑的石壁上撞去，转眼就不见了。

那是一个凹进去的洞穴。伏羲看上去眼睑沉重，总是一副木讷的样子，但脑子却清醒得很——狡兔尚有三窟，身为龙族的流放者，能活到如今，岂能不懂这个道理？

虬龙虽去，但此山作为落脚处已经暴露，明日肯定会有追兵折回来打探。伏羲正如此想着，女娲就已开口了："羲，我们又不是打不过他们，为什么非得这么让着他们啊？"

"唔。"伏羲应了一声。

"哎呀，你就知道唔唔唔！"女娲有点儿生气了，"我知道你心软，但我们一味如此，也不是个办法呀！"

"毕竟都是龙族，"伏羲憨憨赔笑，"此处暴露了，我们换一个地方就是，在哪儿不是住啊。"

"你爱龙族，龙族爱你吗？"女娲不耐烦地问，"那，我们接下来去哪儿？"

"你往西走。"伏羲沉默片刻，"我……去南方。"

"为什么？"女娲忙问。

"东苍龙、西白虎、南朱雀、北玄武。龙族尊东方，东方为木，主生长；西方为金，主杀伐；金克木，你去到西方，群龙未必敢追随，可保平安。"伏羲答道。

"那你怎么不与我同去？"女娲问。

伏羲牵住女娲的手，说道："我去引开龙族的追兵，否则这样老被他们追索，你是去不到西方的。"

"可龙族人多势众……"

"放心，龙族的强弱你我清楚，但我的能力，他们还没有真正见识过呢。"伏羲接着说，"而且，龙族并非铁板一块，开明变通的龙不在少数，我跟他们多接触几回，或许有回旋的余地，令他们不再为难我们。"

"那你我如何联络?"女娲问。

"等事态平息一些后,我会去找你的。"伏羲道。

女娲虽然担忧伏羲的安危,但知道这个双生哥哥主意大,远比自己有智慧、有布局,因此什么都听他的。只是两人从出生就没分离过,几乎不分彼此,犹如一人。女娲的额顶在伏羲的额上,两张脸刚柔分明,却又如此相似。女娲貌似凶狠道:"那你一定得来!"

旭日晨光已照到了洞口。

伏羲知道龙族的追兵不时就会赶到,当下便跟女娲告别。他回到前晚受伏击的地方,不多时,果然感到龙族追兵渐行渐近,他佯装恸哭:"可怜我的娲啊,竟然就这样离我而去,此仇不报,我枉为伏羲!"然后长啸一声,遂往南方飞去。

听得追兵呐喊声渐远,直到日落,女娲才不舍地看了一眼南方,转而向西而去。

她本可日行千里,但为避免麻烦,将下半身的龙躯变成了自认相宜的两条腿,直立着在森林里行走。

她长发委地,遮掩了大半赤裸的身躯。

## 第二章

# 抟土造人

昼夜更替，四季更迭。女娲只一路追逐落日的余晖，也不知过了多久，忽然有一天，她觉得累了。

不是身体累，而是有一种说不上来的委屈。自己长途跋涉，连个说话的人都没有。途中虽也遇见过不少鸟兽，但它们一看到她那怪异的样子，便远远地躲在树后指指点点。

"这是个什么古怪的野兽呀？只有两条腿，还直立着行走，好奇怪呀！"

"她的腿好长呀，好美。"

"从没见过，不知从哪里来的？"

…………

女娲耳聪目明，能听见这些风言风语，而且发现流言比她行走的速度还快。刚到达一个新地方，远远就能听见鸟兽们的嘀咕，看呀，那就是传说中的"两条腿"，真来了我们这里。女娲很想跟鸟兽们玩耍，但它们好像能感到女娲身上龙一般的威能，稍一靠近，就散开了。

一日，女娲行至一个小湖边，只见水波不兴，湖面平滑如镜，想必这里面不至于有龙。她走到水边，把头伸出去，正想喝口水，可临到嘴边，看到自己的脸，竟不知为何愣了愣，一颗眼泪就这么掉了下来。

女娲仔细地端详了一会儿自己的脸，终究喔了一口水，转身离去。懵懵懂懂地走了十来步，脑子里始终甩不开自己的形象，一个念头浮上心头——

为何这样的眉眼，天地间只有两张？而拥有那一张的伏羲又不在，自己真是好孤单啊。她真的很想念伏羲。

这个念头越放越大，于是她随手抓起一把湖泥，不自觉地在手上捏揉起来。先是抟成一个球，然后又在球上戳了两个孔，又戳了两个孔，拉一道缝……慢慢地，竟有几分像伏羲的圆脑袋。女娲忍不住叫出声来："哈哈哈哈……"她左右看了一下，"嗯，不像。"泥团太湿，捏出的五官慢慢脱了形，被远远地扔进湖里。

女娲玩性大起，左顾右盼，脚下无非是草，一侧是湖，另一侧则是灌木和密密的深林。女娲转着圈子，越转越急，脚底把草地都盘秃了，露出草下的土来。

她躬身抓了一把土，嗯，有点儿硬，那就掺点儿水吧。女娲头一仰，对着湖面猛吸一口，一束湖水被凭空吸起，如一道彩虹般流注女娲的脚下。女娲以水和土，混成干湿相宜的泥，她开始捏。一个，两个，三个……都不像，女娲把泥一甩："哎呀，气死我了，不捏了！"她恼得一跃而起，纵入湖中，把原来波澜不惊的平湖搅动得白浪飞溅，群鱼四散。她自己则在水中回旋出没，变化万端。

反正时间多得很，女娲也不着急赶路了——去西边干吗呢？去了，也就是找个地方无聊地待着，还不如就在这里，继续自己的创造。

一天，两天，三天，日出日落，数不清的日子过去了。女娲终于把自己练成了一个巧匠能手，她和泥，抟泥，揉出圆圆的头颅，捏出凹凸的五官，让眼睛是眼睛，鼻子是鼻子，嘴巴是嘴巴，连耳朵的耳垂也都捏得栩栩如生。这个时候，该捏身体了。上半身的臂膀有力，下半身有一个长满鳞甲的长长的蛟尾。

"你是不是有点儿孤单呢？"女娲欣赏了一会儿，弹着这个泥伏羲,"给你捏个妹妹好不好呀?"

女娲捏出了一个自己的样子,捏到身体的时候,竟不想捏那个蛟尾——她对龙族毕竟还是有些怨恨的。"不要龙身,那就捏两条像我这样的腿吧。"女娲对自己说。

就这样,捏出了鸟兽奔走相告的新怪物——"两条腿"的样子。

两个泥塑摆在一起,总觉得好突兀啊,哪里像双生兄妹嘛!女娲索性将那泥伏羲的蛟尾拍扁,也塑成了"两条腿"。然后将两个泥塑肩并肩地摆在了一起,为了让它们立住,稍稍把泥腿叉开。

月明之夜,女娲围着两个小家伙,舞蹈,唱歌,自言自语……直到睡着。

那对泥偶相依着,当第一缕阳光穿破云层,照在泥偶身上,投下长长的影子。那影子就像两个"人"形。

女娲醒来,发现泥偶已经晒干变硬了,细细地看,有点儿收缩,有点儿变形,没那么像自己和伏羲了。女娲叹了口气,又想扔掉,却舍不得。

女娲刮了刮两个泥偶的小鼻子:"你俩……就叫……人!因为和我一样,是两条腿这么站着。"

"我要走啦,"女娲亲了泥人两口,将它们埋在树下,"以后我会来找你们的。"女娲觉得这有点儿像她和哥哥伏羲小时候玩的过家家游戏。

女娲又上路了。只要感到寂寞或思念伏羲了,女娲就会捏出一对泥人。有时候一口气能捏出十几对来,待到情绪平复,就会亲亲这些泥人,把它们埋在树下,继续向西而去。

向西的路有万里之长,女娲不知这一路上捏了多少泥人。即便女娲已熟练到能把泥人捏得惟妙惟肖,也没有任何两个泥人是一模一样的。因为每处的土不一样,水不一样,女娲的心情也不一样,所以捏出来的泥人也不一样。

天地突然荒凉起来,森林不见了,只有起伏无尽的沙丘。女娲抓起一把沙子,沙子会从指缝中渐渐流尽。她没法继续捏泥人了,变得有些沮丧暴躁,走着走着就突然快跑起来，最后下半身现出了蛟尾，飞到空中，越变越大，身体起伏窜动，把沙石搅得漫天飞扬。

女娲知道自己来到了西部大荒，这里是龙族不敢涉足的地方。

飞了许久，女娲翻过了大漠，重新看见绿色的地面、延绵的山林，以及山林后天地交界处崛起的一簇簇雪峰，闪着蓝莹莹的光。

女娲落在山林里，习惯性地变成"两条腿"的样子，将脸伏在潺潺溪水里，清凉沁人，不禁心旷神怡地想："羲，我安全来到西方了，你何时来呢？"正愣着神，突然脑壳上被什么东西敲了一下，女娲猛地转身，"谁？！"

见四下无应答，女娲正欲现出原形，忽然又一颗东西迎面击来。她右手一抄，才发现是个果子，样子长得像枳，也就是那种肉少味酸的橘。再看来处，一个状如母猴、臂膀有花纹、尾巴却似豹尾的兽从树背后探了出来。这里的鸟兽明显与女娲路上见过的都不同。

"你是谁？"女娲问。

那怪猴探头探脑："举父。"

"举父？为什么叫这名字？"

"因为我力气大。"举父长臂一甩，又一颗果子疾飞而来。

女娲左手一抓，举父努努嘴："吃呀。"

女娲看对方一脸期待的样子，就轻轻咬了一口，感觉汁水甘甜，甜中又带着一点青柠般的酸，有一种说不出来的美味。

"你跟我有些像呢，"举父在树上活动着自己的手指，上下抛着一个果子，眼睛却一直盯着女娲的两条腿，"你的两条腿怎么这样直，这样……美呢？"

"是吗？"女娲露出满足的表情，踮起脚尖转了一圈。

举父招招手："你来。"然后一跃而起，径自往林深处而去。

女娲好奇，闪电一般追了上去，紧紧跟随着在树间跳跃的举父。到了一处开阔地，举父双手砸着胸脯，发出"嘘嘘"的口哨声，紧接着双手投掷下许多的无名果，堆成了一小堆。女娲抬头，举父倒是不见了。

女娲自言自语："哎呀，管他呢，先吃了再说。"说罢，大快朵颐起来，一个不留神，把个小蛮腰都吃得撑起来，这时才发现自己吃多了。日当正午，正宜休憩，女娲靠着果堆，摸着自己的肚子，满足地闭上了眼睛。

睡梦中女娲只觉自己身处一片寂然大地，白茫茫、软绵绵，似在云中，又似在雪地。她腾空而起，飞到云上，然后气力一散，任由自己直坠下来，但触底之时并无疼痛。她因此童心大起，上蹿下跳的，仿佛回到了久远的童年，待玩累喘气的工夫，忽见天空中如下起了豆大雨点——再看，不是雨点，而是刚刚吃过的无名果。

女娲被"砸"醒了——结果还没睁开眼睛呢，脑袋上又被砸了一下，她受惊一弹，却听得面前一声尖叫："啊——"

女娲眼睑一张，瞳孔一收，定睛一看，才发现是一只长得像鸭子的鸟，只张着一边的翅膀，怪怪地侧着身子往果堆后躲。

"嗨，我还以为是什么呢，"女娲对它招招手，"别怕，我又不吃你。"

看到女娲对它并没有食欲的样子，这只鸟才迟疑着正过身来，这才看出它原来只长着一只翅膀和一只眼睛。"我刚才从树上摔到果堆上了，对……对不起。"那鸟用一只翅膀指着树上，"哎呀，你快下来啊。"

果然，另一只单翅的怪鸟从树上跳了下来，但不是潇洒地滑翔下来，而是"扑通"一声扑到地上，还连滚带爬撞倒了地上的那一只。

"对不起，对不起……"两只鸟连声道歉。

女娲摆摆手："没事没事，你们怎么称呼啊？"

"我叫蛮。"一只说。

"我也叫蛮。"另一只接着说。

"我们叫蛮蛮！"它们异口同声地说。

女娲有点儿蒙，见两个都一只翅膀："你们都受伤了吗？"

"我们一雌一雄，是夫妻。"两只鸟忽然有点儿娇羞，又有点儿自豪起来,"我们独自一人时不能飞行,唯有比翼齐飞,才能翱翔天外。所以我们还有一个外号,叫比翼鸟。"

"这样也行?"

"我们……很能飞的!"

女娲就像听笑话似的看着它们,它们却不害臊,齐声说:"我们可衔南海之丹泥,巢昆仑之元木。世间的生灵如果见了我们,就会夫妻恩爱,宜子宜孙。"

"宜子宜孙?"

"就是……你运气好,见了我们,回去就可以生小宝宝。"说罢,用有眼的那一侧向伴侣一点头,又向女娲一点头,"时候不早了,我们也该走了,祝你生个小宝宝。"两只蛮蛮各抓起一颗果子,然后合体比翼,扑棱了两下,飞走了。

残阳夕照,晚风吹来,女娲一阵落寞。

"我这种怪模样,世间只有我和伏羲两个吧。可伏羲是我哥哥呀,我跟谁去生宝宝呢?"女娲苦笑,"我这辈子都不可能有宝宝了。"

她想起了自己捏的泥人们——它们只是想象中"过家家"游戏里的宝宝，自己把它们捏出来，又把它们丢了……

怀着一丝愧疚和一点儿困惑，女娲继续往西北而去，跋涉了几百里，直到她站在一个雪峰上，向西南远眺，但见彼处光芒万丈，仙气缭绕——那就是传说中的昆仑山了。昆仑山据说是盘古开天地之后由其心脏所化，是为天地之心。

"昆仑山，"女娲不禁喃喃，"羲，我就要到昆仑山了，你又在哪里呢？"

第三章

# 瑤池冰玉

龙族遨游四海，仰观星辰，俯察山河，六合八荒之内，天文地理，无所不晓。伏羲女娲自幼耳濡目染，自然听老一辈说过不少传奇和故事。昆仑山，住着掌管天地万物生死的西王母，山里有一个湖，名叫瑶池。

龙对水的亲近是天生的。一想到瑶池，女娲就有些激动——天下还有哪里的水比瑶池里的更金贵？那可是西王母沐浴的地方啊！

"西王母"，脑子里浮现出这个名字的同时，女娲竟不自觉地打了个寒战。在众多传说中，西王母长得奇形怪状，豹尾虎齿而善啸，头上戴着玉冠，呼地一叫，就能把天上纷飞的鸟震落，把地上的百兽吓死……女娲想着，感觉脚底有些发凉。

"管他呢，"她安慰自己，"瑶池想必好大，我去到边角，偷泡个澡也好啦……"

女娲沿着昆仑山下的溪流溯水而上，溪边多的是雄黄石、琅玕石、黄金和玉石，走起来倒是有点儿滑脚。走了好些天，水声却断了。女娲正感觉蹊跷，忽然前面

"邦"的一声巨响。还没等她反应过来,又是一声巨响。只见一个怪物跳出来,好似通体红色的牛,却有八条牛腿,两个牛头,只是脖子远比牛要长,并且牛屁股上有一条巨大的马尾,一甩一甩的,几乎能盖满全身。

女娲并不害怕,躬身致意:"你好,我是女娲。"

"你好啊……邦!"一个牛头说。

"不好不好啊……邦!"另一个牛头说。

"怎么不好了?"

"没什么不好,但就是不好!"

"我说好!"

"我说不好!"

听得两个牛头在吵架,女娲有点儿蒙:"呃,那个,你们不是一个家伙吗?"

"我们是一个家伙,但是我们有两个脑袋……"一个还没说完,另一个就抢着说,"两个脑袋三个脑袋的禽兽也不少,但像我们这样各有想法的恐怕不多,所以我跟我就经常吵架……邦!"另一个又把话头抢了过去,"是啊，吵得我跟我脑子都乱了！"

"你们别吵了，你们叫什么？"

"我早说了呀！邦！"两个牛头齐声答。

"哪有啊？"

怪物只好放慢语速："我叫勃皇，勃皇！勃皇！"叫着叫着，勃皇就喊成"邦"了。

"哦，"女娲恍然大悟，"原来你的叫声就是你的名字呀。"

"对！"两个头一起吼起来，"邦邦邦……"把女娲震得脑仁疼。

"嘘嘘，小声点儿，小声点儿！"女娲还不至于忘了自己此行的目的，"可别让西王母听见了。"

"邦！放心吧，王母不来！"

"为什么？"

"你见过王母吗？"勃皇自己问自己，然后两个脑袋一起摇头，"没有，没有——我们替她在这儿守瑶池这么多年，也没见过她，连个说话的人都没有啊！"说罢，勃皇竟然哭了起来。

"啊，你们是在看守瑶池？那我能去……戏水吗？"

"什么？戏什么水？"勃皇像听到一个大笑话似的，两个脑袋摇得像拨浪鼓，哈哈大笑起来。

"你们笑什么啊？"女娲有点儿生气。

勃皇也不答话，转身就走，八只脚一动，蹄子把碎石踏得直响。

女娲赶紧跟上去，只觉得一路走上去，脚底越来越冷，但又有一种说不出的舒服，好像这冷中又带点暖意。山势渐陡，勃皇仍然健步如飞，对女娲道："骑上来！"

女娲只觉得两边的风景急速后倒，化成一条条彩色的线……勃皇停住脚步："到了。"

女娲骑在勃皇身上，往前一看，不禁大惊失色——如果说这就是瑶池，那么"瑶"是有的，"池"却是连影子都看不到，眼前一望无际的不是水，而是玉！

即便在这朦胧月色中，也可望见那瑶池深处发着以蓝色为主、诸色掺杂的幽光，仿佛水波轻微荡漾。有一种说法是世界上最深的颜色不是黑，不是白，而是蓝，蓝如深海。目下这瑶池就是玉的蓝海。

"难怪说瑶池常年清冷彻骨啊……"女娲倒吸了一口冷气。

"可不是嘛！"勃皇说，"听说只有王母来了，这玉湖才会化水，但我也没见过。"

"不过，"勃皇的另一个脑袋发话了，"你下去滑滑冰还是可以的，反正来都来了。"

"那可不行！"另一个脑袋反驳，"万一王母怪罪下来怎么办？"

"哎呀，不会，王母肯定忘了这里。"

"那可不好说，你又没见过王母，你怎么知道她忘了？就算她忘了，不见得就意味着可以在上边滑冰。"

听着勃皇自己跟自己辩得不亦乐乎，女娲有点儿想笑，又有点儿兴致寥寥。时间久了，女娲听见勃皇还在那儿喋喋不休，一下子嗔怒道："别吵了！"

勃皇两个脑袋齐齐一缩，半天不吭声了——谁能想到，看守瑶池的灵兽竟然这么胆小呢？女娲倒有点儿不好意思了："怎么不说话了？"

两个脑袋只是摇头。

"被我吓着了？"

一个脑袋道："当然不是。"

另一个脑袋说："我们是怕你生气……气跑了。"

"那又怎样？"

"那就没人听我们说话了。其实……我和我在想什么，彼此都知道，也不用说出来。"

"可是你们很吵呀？"

"那是你在才吵的。"

"为什么呀？"

"因为很无聊啊！"勃皇感觉女娲"孺子不可教"，气得"邦"一声大吼。吼声沿着瑶池的"冰"面，滑向了对岸，又反射了回来。

一阵安静。女娲有点儿尴尬，转身一跃，甩下一句话给勃皇："我累了，要去睡了，再见。"

女娲现出蛟尾，盘在高可参天相互纠缠的榣树和若树上，自言自语道："是好无聊啊！羲，你不在，我又没有两个头，只能跟自己捏的泥人说话……"想起比翼鸟的话，女娲面色有些发红，"要是真能生个宝宝就好了。"她抚摸着自己的肚子睡着了，在梦里她真的有个小宝宝，没有蛟尾，而是两条蹬来蹬去的腿。小宝宝趴在她的肚子上，女娲想抱住，小宝宝却一溜烟地跑了，女娲一直在叫："孩子，孩子，孩子……"那小宝宝回过头来，好似她捏的泥人，又好似伏羲。

　　女娲在梦里叫着叫着把自己叫醒了，一睁眼，恰好一道光射在脸上——天亮了。

　　她咽了口口水，左右看了一眼，无聊啊，还是去找勃皇吧。

　　勃皇又蹦又跳地高兴坏了，连声"邦邦邦"地吼叫。女娲止住他们："你们想不想看个好玩的东西？"后者异口同声："想！"女娲道："那就再去瑶池！"勃皇想都没想，直接就在前头领路，一溜烟跑掉了。

到了瑶池，发现这里白天又是另一番景致，只见偌大的瑶池晶莹剔透，看不到底，沉重中又显轻盈，阳光照在玉面上，一半被吸了进去，另一半却被折射得如同仙气一样，有一种又软又糯的奇妙质感。

女娲对勃皇问："你们谁能去瑶池里敲块玉给我？"

"我！"

"我！"

"都行都行！"女娲暗笑，反正谁去，另一个不也得跟着去吗？

勃皇踢着八条腿的蹄子，到了瑶池边上，刚想用牛角磕一块玉，突然又停住了："不行不行，王母怪罪下来，我们可担不起这个责任。"

"哎呀，你们真是……"女娲摇摇头，直接走到池边，现出蛟尾，尾巴往"湖面"一甩，立马砸出一大块玉来。也不理会勃皇的惨叫，女娲用身子卷住玉石，运掌如刀，开始在上面砍削打磨起来，渐渐地，一个人头的形状出来了，接着是一个身子，接着是手和脚……

勃皇彻底看呆了。

"啊……"一个脑袋说。"啧啧啧……"另一个脑袋赞叹。

"太像了……"一个脑袋说。另一个则接话:"对,栩栩如生,栩栩如生!不过,像什么呢……"

不等他们继续评头论足,女娲把玉人一卷,飞走了。

# 第四章 赤子诞生

在榣树和若树上,女娲捧着玉人,怔怔地看得出神。

也许是太久没有雕过人,也许是这次用了不一样的材料,又也许是这次的作品太过逼真——看似随手雕刻,却浑然天成,眼鼻口耳,躯干四肢,说不出哪儿特别好,但搭配在一起,就是它们该有的样子。

女娲舍不得把眼光从玉人身上挪开。

夜风吹得枝叶摇曳,女娲一跃而下,婆娑起舞。

她舞出山的形状,舞出水的形状,舞出草木的形状,舞出风和云的形状……时而庄严,时而曼妙,耳边仿佛有天地大合欢的协奏曲响起,令她心潮澎湃,不能自已。欢喜沉醉中,女娲怀抱玉人,身躯化为蛟尾,将自己和玉人盘在其中,哼着龙族古老的歌谣,合眼睡去。女娲的嘴唇兀自开合,黏着玉人,仿佛还在唱,温润的鼻息将玉人的脸晕出一层水雾,浓浓淡淡。

火山在遥远处腾起火光,天边的云层里雷声轰鸣,一闪一闪地透出光来。小玉人在微光中也宛若暗自有光,忽明忽暗,犹如呼吸……女娲和玉人都包裹在七色琉璃般的光和气中。玉人开始如水般荡漾，发出更多的五色光晕，手脚动了，身子动了，脖颈动了，然后五官也次第回应着身子的苏醒，眼睛睁开了，鼻子翕动了，耳朵微微扇动了两下，两片嘴唇张开："妈……"

女娲猛然就醒了。

被女娲捧在手心，又如浮在云端的这个孩子，在女娲的眼睛中看到了自己，于是再叫了一声："妈。"

女娲看了看四周，确定不是梦境，确定这有生命的孩子就是自己的作品。我有宝宝了？比翼鸟说的没错，我有宝宝了！一滴晶莹剔透的泪珠从女娲的眼中夺眶而出。她将孩子慢慢地靠近自己的脸，然后闭上眼睛，在孩子的笑脸上轻轻一吻——刹那间，似乎天地震动，女娲感到自己好像失了重量，又好像沉重无比，是天地在旋转，还是自己出现了幻觉？是喜悦在充盈自己，还是突如其来的阵痛让自己痉挛？女娲只是觉得，有两个世界被打通了，即使闭着眼，自己也能看到光在两个世界中穿梭，水银泻地般奏响无声乐章。

大地确乎震动了一下。遥远处，传来了勃皇不同平常的一声巨响："邦——"

女娲渐渐平静下来了，身体也恢复了人形。

她忽然有点儿不知所措——接下来要干吗？往常都是造了许多泥人便扔下，但这个孩子睁着一双水汪汪的眼睛看着女娲。

"妈！"他叫了一声。

"嗯！"女娲应了一声。

"妈！"他又叫了一声。

女娲睁大眼睛，"妈，妈，妈，妈……"孩子一声声地叫个不停。

从错愕到惊讶，从惊讶到欣喜，笑容在女娲的脸上荡漾开来。仿佛玩游戏似的，孩子越叫越欢，越叫越快，终于一个词连着从嘴里蹦出来："妈妈！"

兴奋的女娲举着孩子旋转，把个夹石带砂的地面旋出团团尘土，把孩子呛得咳嗽了两声。女娲赶忙歇下来，屈身与孩子齐头，好好地打量了他一番："你叫我妈妈？"

"妈妈。"

女娲的泪又在眼眶里打转了:"孩子,我应该叫你什么呢?"

这身长三尺、圆鼓鼓又轻盈盈的孩子歪一歪头,小嘴一张,吐出一口浊气——是刚刚吸的尘土。说来也怪,浊气一吐出,孩子的身子、脸庞立时白净了许多,而且白里透红,吹弹可破的肌肤仿佛纤尘未染,但眉心有道淡淡的赤纹。

女娲沉吟片刻:"那么,就叫你'赤子'吧。"

孩子奶声奶气地跟着说:"赤……子……"

"对,赤子,你就叫赤子。"女娲用力把孩子拥入怀中,久久不肯放手,"你想不想看妈妈变戏法?"

"变。"

"那宝宝看好了!"女娲退后好几步,猛地一旋,上身还是人形,下身却变成了细长的龙身,蜿蜒盘旋而上,只用尾椎支撑在地;不仅如此,龙身还如弹簧般弹向高空,眼看要迅疾坠地,刹那间尾巴一点,又将身子弹了上去,把赤子看得又惊又喜,连连呼叫。

仿佛是为了在赤子面前炫耀自己的本事,女娲弹向高空,在空中做出各种翻腾的动作,还贴地而行,穿树而过。更神奇的是,女娲飞到赤子面前,上身打横,下身在半空中如丝带般飘动,她向赤子眨了眨眼:"要不要跟着妈妈一起飞?"

"飞!"

女娲掉头看似要离开,却又倏地折回来,右手一抄,把个小赤子揽到胸前,腾空而起,上下翻飞。风吹散女娲的长发,有时候遮住赤子的脸,赤子便拨开头发,双眼只盯着女娲的脸。

那是幸福而满足的一张脸——是妈妈的脸。

"妈妈怎么有尾巴?"赤子好奇地问,小手拍拍自己的屁股,"我怎么没有尾巴?"

女娲挠挠头:"妈妈是条龙呢,自然有尾巴。"

"那我也是龙?"

"你是人。"

"为什么妈妈是龙,我是人?"

女娲落下来,重新变成人的样子:"妈妈不做龙了,以后夹起尾巴做人,做人他妈,好不好?"

"好。"

接下来的日子,也许是女娲人生中最快乐的时光。她带着赤子——看到果子,就摘来尝一口,母子俩也不怕有毒,不好吃的一口吐掉,好吃的吃完了还要吧唧吧唧嘴。

辨识万物也是一件趣事——"这是山,这是水,这是地,地上有石,头上的叫天,天上有云,风一吹,云就动了……"女娲抱着赤子一一指点。偏偏昆仑山下,奇鸟怪兽太多了:状如赤豹、五尾一角、叫起来声音像撞击石头的狰;一目三尾、身形似猫却又能模仿百物叫声的讙;马身鸟翼、人面蛇尾的神兽孰湖……这些,都让赤子感到新鲜惊奇,赤子也不管对方是谁,手舞足蹈,咿咿呀呀地打着招呼。奇怪的是,无论怎样的凶兽猛禽,见了赤子都会十分温顺。

"妈妈,为什么,有些动物有好多好多宝宝……"某天,赤子忽然这么问。

女娲竟一下子不知如何作答。她自己知道,她可不止造了赤子一个人,只是之前造的众多泥人都被她埋掉了。

女娲半天才问:"赤子是妈妈唯一的宝宝不好吗?"

"可是……我也想有哥哥姐姐、弟弟妹妹,能一起玩多好呀!"

女娲想起自己作为龙中怪物的经历,心中隐隐作痛。可是毕竟自己还有个与自己一样的双生哥哥呀。

晚上,女娲做了梦。梦里那许许多多的泥人都活了,他们都往女娲的身上挤,哭着叫着妈妈,说妈妈不要我们了!女娲在梦里又着急又心疼,直说没有。那些泥人哭着说,妈妈把我们丢下就再也不管啦,我们也是妈妈的孩子,为什么妈妈只疼赤子呢?就因为他是玉,我们是泥吗?女娲连连说,不是的不是的,妈妈一定会去找你们……

女娲在子夜被噩梦惊醒。醒来后半天平静不下来,唯见昆仑山上空，电光忽闪，犹如一把利剑，划破宁静的夜空。

我是不是一个丢弃孩子的妈妈？女娲问自己。总有一天，她会带赤子去找他的哥哥姐姐。但他们现在不能走，她要等伏羲来会合。

天亮了，女娲问赤子："你想不想听'邦'的声音？"

"邦——"赤子学舌。

赤子的发音听起来像是有点儿萌的吼声，女娲不觉笑了出来："对，今天就去见见'邦'！去看看瑶池，那是你出生的地方。"女娲想再去瑶池砸一块玉，给赤子造个妹妹。

当他们在瑶池边见到勃皇这个活宝的时候，它并没有发出"邦"的声音。看到女娲身边的赤子，勃皇已经惊讶得忘了打招呼，四只牛眼瞪得铜铃一般大，八条腿里甚至有好几条都没忍住想往后退。

"邦——"赤子奶声奶气地说。

"嗯？"勃皇脖子一缩，更是惊讶，"你会说话？"

"会呀。"赤子欢快地答。

"你是什么？"

"人啊。"

"你是哪里来的？"

"当然是我妈妈生的。"

勃皇的一个脑袋突然叫起来："不对！你看他的眼睛、鼻子、嘴巴、耳朵，再看他的手和脚……"

"邦——"两个头一起吼叫起来，"你是瑶池里那块玉变的！"勃皇好像是见到了天大的不可思议之事，赶紧凑上前要看个究竟。

"喂喂喂，注意点儿！别吓着我家孩子。"女娲作势一挡，低头对赤子说，"赤子，来跟勃皇叔叔打个招呼吧。"

"邦——"赤子还是来这么一句，把勃皇逗得大笑起来。笑着笑着就停了，两个头都转向女娲，满眼的疑惑。

"怎么啦？"女娲问。

"失敬失敬！"勃皇恭敬地垂下脖子，"原来阁下有这么大的威能！"

"可别这么说！威能还是有点儿的。"女娲颇为得意，"要不是我家伏羲哥哥拦着我，我都能把龙族给灭了。"

"不是说你打架的能耐，你……你……"一个牛头说不下去了，另一个接口道，"你能把死物变成活物……这个太过可怕……"

"很可怕吗？我就是玩，你们也看到了，我雕了个小人，晚上抱着唱歌睡觉，他……他早上便活了。"

"这么简单？"勃皇的两个脑袋互相蹭来蹭去。

"是啊。"

"怪哉怪哉。"勃皇变得异常严肃，"天地间能将死物变成活物的能力……不是只有西王母有吗？"

赤子听不明白大人在说什么。看着大片的瑶池玉面，他早已按捺不住，跃跃欲试地要到上面"滑冰"了。他大呼小叫着来到了玉面上，溜来滚去。

女娲欣慰地看着赤子，从这头滑到那头，一会儿旋转，一会儿单脚，流畅至极。不觉间，落日熔金，原本洁白的瑶池被罩染上一层金黄暖色。

突然，赤子在瑶池中心一声惊呼。

女娲心中剧颤，一种强烈的不祥感闪过。她瞬间化出蛟尾，飞跃过去。

"妈妈，我动不了啦！"赤子叫。

女娲已到了赤子身前，一把想把赤子抱起，却没抱动，发现赤子的脚似乎凝在了玉面上。女娲俯首一看，赤子的脚面已经开始玉化、透明，和玉面融合在一起。

女娲大惊，赤子本是玉石所化，这是又要变回玉石了吗？

第五章

# 王母降罪

女娲将脸贴着玉面，双目圆睁，十指如爪，想将赤子的双脚和玉面分离。十根手指被玉石杵得鲜血淋漓，犹不停手，一下一下地插向玉面。可是赤子的玉化还在进行，已经漫过了脚踝……赤子哇地哭了出来。

"赤子不怕。"女娲长啸一声，腾向半空，龙身在高空一甩，蛟尾像条巨鞭抽了下来，想将赤子脚下的玉面击碎。

砰的一声炸响，溅起的不是玉屑，而是密集的浪花，原来瑶池在瞬间从玉化为了水！

浪沫落尽，女娲看见赤子已被湖水吞没，隔着水嘴巴还保持着呼喊"妈妈"时的口型，双手无助地伸向女娲，慢慢沉下，越变越小。

女娲一头扎进瑶池，顿感寒冷刺骨，身体骤然有些僵硬。女娲顾不得了，龙族最善水，她蛟尾摆动，潜入瑶池深处。

赤子还在沉没，已经失去了知觉，闭着双眼，双手十指还在向上张着，幽暗中有丝丝涟漪的波光在脸上游动……女娲终于赶到，一把将赤子抱在怀里，向湖面升去。

游着游着，女娲觉得自己奇累，周边不再是水的质感，而是越发稠密的黏液，还有一股力量将她向下拉扯……女娲奋力扭动蛟尾，好似溺水了一百年，耗尽了肺里最后一丝空气，才钻出水面。看见岸边震撼无措的勃皇，女娲远远将赤子抛了过去，只喊了声："救我的孩子……"身体就被那股力量重新拖回水底。

女娲还在挣扎，却如普通的禽兽身陷沼泽泥潭，无处着力。她第一次感觉此刻的自己毫无神通威能，就像精气全失后等待受死的绝望困兽。水越发黏稠，渐渐变硬，女娲连动动手指都不能了，但周边依旧清澈，游离着通透的光晕……女娲知道，瑶池又变回了玉，而她被封在了这块巨玉的中心，犹如冻在了一座颠倒的冰峰里。

时间仿佛停滞了。

不知过了多久，"女娲——"一个声音响起，低沉，嘶哑，有一种坚石被利器急促锯断的诡异质感。

"赤子……"精气涣散的女娲想叫,却发不出声。

"赤子……"她心里喊。没有回应。

虚空处,一声漫长的叹息传来:"嗯……所以,他叫赤子?"

女娲发现那声音能听见自己的心声,索性在心里发问:"你是谁?"

女娲看见寒玉深处的光晕渐渐聚拢,幻化出一张模糊又变化多端的脸,一会儿很苍老,一会儿很狞厉,一会儿很美丽……那声音道:"你偷了我的玉造人,还不知道我是谁?"

"西王母!"女娲内心开始微微颤抖。

为何西王母会在瑶池之底?不,为何她如此这般出现在瑶池之底?女娲无暇想这个问题,仍未从焦灼惊惧中清醒过来的她,满心只有一个问题:赤子怎么样了?

果然西王母说道:"你想问我,赤子怎么样了,是不是?"

"赤子……"

"他好不好，与你何干？"

"他是我的孩子。"

"你的？他不过是块玉，还是你偷我的。说起来，他是我的。"

"不对不对，他不是玉，他是人，是个活人！"

"我掌管天地万灵的生死，他只要还是生命，就是我的。"

"不对，每个生命都是他自己！不是我的，也不是你的。我生了他，只是起点，你收走他，只是终点，其间的过程，他是自由的，他只能是他自己！"女娲讲的正是自己的体会，龙族或算自己的起点，但自己并不屑属于龙族，只属于自己。

"既不是你的，你担心什么？"

"可……我是他妈妈呀。"

"还说你生了他？明明是创造了他！你知道你做了什么吗？以为自己是龙族万年一见的大能，很了不起吗？"

"龙族可没当我是大能，他们恨不得杀了我。"

"杀了你倒好了，惹不出这样的大祸！"西王母的声音里有雷霆般的震怒。

"我……我惹了什么祸？"

"你可知，天地万灵，何人所造？"

"听说是盘古开天地，化万物，孕生灵。"

女娲小时候就听龙族的白胡须长老说过——起初，天地混沌，盘古生其中，历时一万八千年，始以斧凿开天辟地，从此阳清为天，阴浊为地，二者相去九万里。盘古垂死化身，气成风云，声为雷霆，左眼为日，右眼为月，血液为江河，筋脉为地理，肌肉为沙土，发髭为星辰，皮毛为草木，齿骨为金石，精髓为珠玉，汗流为雨泽……

"错了。"

"错了？"

"盘古可化为日月星辰、五湖四海，但生灵活物，却不是盘古所孕生的。"

"那是谁有此伟力，生灵滋长，都仰赖于……是王母您吗?"女娲的确有些好奇了。

"你看——"西王母说着,脸刹那间隐遁。女娲只觉眼前又是漆黑一片,但黑暗中似乎又有无比之大的"空"在吸着她,让她周身不得依靠,魂灵也不知何处安放,只怕多得片刻,连魂魄都要飞散而逝。

"你明白了吗?"西王母的脸又浮现了。

女娲接不上话,这一切已经超出她的理解能力了。

"凡生者,皆在万物中慢慢演化。我只是偶有推动,大多时候,用死亡去除演化的枝枝蔓蔓,犹如修剪杂草。以此保持万灵的平衡。"不料西王母话锋一转,"你造人之时,可感觉到什么异样吗?"

女娲心中一凛,想起赤子创生之时,天地有些异动,她还以为是自己神通广大所致呢。

"你想的是,自己能把死物变成活物了,高兴得很,是不是?你把自己的精气吹入赤子的口鼻,让他有五脏六腑、七魂六魄,再用龙族古老的咒语唤醒他……你得意得很,是不是?"

女娲听着,才明白,原来赤子是这样被自己如此机缘巧合造出来的!原来自己从小会唱的歌谣是龙族神奇古老的咒语,这个只怕龙族自己都不知道吧?

"那大地的异响、河川的涌动、群兽的惊走,就是昭示着你犯下了滔天的大罪!"

女娲感觉到西王母强烈的怒意了,却不知道如何回应。在她的脑海里,赤子还只是一个渺小的孩子,能有什么问题?

"那个……偷您的玉……是我的错,王母如何责罚都可以。但造人……不至于多大罪吧?"女娲在脑海里小心翼翼道。

"偷玉事小,造人事大!"

"就是个孩子。"女娲多少有些委屈,"又没谁规定不许造呀?"

"是没规定,那是我想不到还有谁有能力造出全新的生命。"西王母厉声道,"创生——多么伟大的事情,岂是你能做的?"

加在女娲身上的力量变大了，仿佛要把她的筋骨都拉扯断裂。她试图挣扎，那束缚却变化为阴、阳两股力量，前者寒如冰，后者炎似火，针刺焰灼，令她痛苦万分。

但她仍奋力挣扎："造都造了……"

"我便是天地的律法！"西王母一声长啸，啸声如无形的剑，自女娲的头顶刺入，直穿脊骨。女娲瞳孔猛然收缩，柔软的身体仿佛被直木挑穿，那巨大的痛无法用语言形容，也没有时间长度——一瞬间，便似一辈子炼狱。在无尽的煎熬中，眼前的一切似乎都化为幻影，从前的岁月，造人的片刻，连同与赤子在一起的欢乐时光，都被疼痛击碎，被真空迅速吸走。

"我有很不好的预感，你创生的人，将成为天地间的变数，打破万灵演化的平衡。"

"打破平衡？"女娲疼得心阵阵抽搐，"那……会……怎样？"

"天地翻覆。"西王母叹口气，"所以……赤子必须收回。"滔天的杀气落下。

女娲大急，记忆里涌现出有关赤子的无数碎片，另一种痛苦也同时袭来，重重地捶击女娲的心。奇怪的是，当这种失去的痛楚袭来的时候，却似乎可以挤压肉体上的痛苦，并同时激发了她体内某种能量，使得她不至于马上垮掉。她徒劳挣动着，咬着牙喊出："赤——子！"

西王母倒是有些意外了。她没料到女娲能抵挡她的杀气，面色稍作温和，撤回了那把无形的剑。

"求王母……放过……赤子……"女娲断断续续道。

"他本是我瑶池一块玉，收回便是放过。"西王母冷笑。

"赤子如今已是他自己而不是玉。"女娲哀求道，"他那么可爱，怎么可能打破……不可能的。都是我犯的错，王母只惩罚我一人便是……他是无辜的……"

"他不过是你造的玩物，又不真是你生的。"

"放过赤子，女娲甘愿伏诛……"

"哦？"西王母沉吟了一会儿，"你还……真当自己是个母亲。也罢，没你这个大能护持，我倒想看看他这个变数能变出什么？"

"王母是答应了?"女娲颤声道。

"我本就不欲杀你,只将你封印于此,由着赤子去展开他的命运吧……天地老是一成不变,也是没有意思的。"

"谢谢王母。"女娲说罢,就看见王母的脸消失了,周边骤然黯黑。女娲喜极而泣,心里一遍遍叫着赤子:"赤子,妈妈不在身边,你一定要好好的……妈妈再给你唱一遍哄你睡觉的歌谣……"女娲只觉得疲惫比这封冻的玉峰还沉,但心里那首歌谣,依旧吟唱得没完没了……

第六章

# 寻向人间

勃皇还在蹄声清亮地奔跑，八条腿翻飞，只看得见模糊的影子。它也不知如何能救赤子，只知道跑离瑶池越远越好。

赤子还在勃皇的背上昏迷着。

赤子在迷梦里听见了妈妈的歌谣。

"妈妈！"赤子在梦里大叫。看见妈妈满脸的悲伤，轻抚着他的脸道，"孩子，妈妈要走啦。"

"去哪儿呀妈妈？带上赤子好吗？"赤子哭起来。

"妈妈去……很远的地方，很久很久都回不来了。赤子，你不是一直想要兄弟姐妹吗？其实……你有许多许多的哥哥姐姐，就在向东南的路上。他们要靠赤子把他们叫醒。"

"他们都睡着了吗？"

"是啊，那时妈妈还不知怎么叫醒他们，现在知道了，只要唱妈妈教你的歌谣就行啦。"

"好，我去叫醒兄弟姐妹，然后……一起来找妈妈。"赤子只觉得妈妈的脸越来越模糊，想拉住妈妈的手，可是……妈妈的形体消失在黑暗里……"妈妈！"

妈妈的声音从黑暗里传来："赤子乖，你去叫醒哥哥姐姐……有很多……那是妈妈丢失的……你都要找回来。"声音越来越远，断断续续，"告诉大家，往南方走……你们还有个舅舅，叫伏羲……他会保护你们……"

天地间大幕初开，星辰闪烁。冷寂的中夜过后，勃皇才停下来。在草木霜露间卧下，将唯一的朋友托付的孩子圈卧在腹边……天色由墨渐变为灰，又由灰变为灰白，直到东方大白……勃皇却觉得万古如长夜，他知道自己再也见不到女娲了。

赤子还没有醒过来。

"赤子！"勃皇不知道自己是否吼出了声，只是下意识地用前蹄触了触赤子，两个脑袋则你看我、我看你，各自一副不知所措的表情。

赤子没有反应。

勃皇着急了，用脑袋去拱赤子红扑扑的小脸，感觉赤子似乎毫无气息，不由得放声大哭。哭声在旁人听来——还是"邦邦邦——"

"邦——"赤子发出了一声微弱的叫声。

勃皇硬生生把哭叫憋了回去。赤子睁开眼睛,但眼神里满是迷茫,问道:"妈妈呢?"

勃皇的两个脑袋面面相觑。

"妈妈不要我了吗?"赤子小声嘟囔。

"这是哪里话!"勃皇慌忙编了个谎,竟与女娲说的一样,"她只是……去了很远的地方,要很久很久才能回来。"

赤子听了,只把拳头攥得紧紧的:"我知道,妈妈说过的……我要去东南方,叫醒我的哥哥姐姐。"

勃皇并不知道赤子的梦,但觉得赤子往东南方走,离昆仑山越远就越安全,两个脑袋都捣蒜般地点头:"对头对头。"

朝阳的光照在赤子透彻的眼睛里。他想说点什么,但又不知道说什么好,最终向勃皇一拜,"邦"了一声作为告别,转身走了。

看着赤子越走越远,一个牛头问:"王母会怪罪我们吗?"另一个牛头黯然道:"不知道。"两个牛头相互倚靠着,忽然一起对着那小小的背影喊:"哦,对了,你的妈妈叫女娲!"回声被一阵风吹散。

赤子摆了摆手,孑然一身,下山行路。太阳从哪里升起,他就朝着哪个方向去。饿了,就摘些野果子;渴了,就在溪边掬一捧水;夜里冷了,就找些枯枝败叶盖在身上;想起妈妈的时候,就哭一阵……对一个孩子来说,世界之大,无奇不有。他见过长着翅膀、可以跃出水面滑翔的文鳐鱼,长得像豪猪、叫起来却像猫的孟槐……那些禽兽如何嘶鸣吼叫,他也鹦鹉学舌般叫一声,对方不走,他还要上前去摸摸对方的鼻子或手脚。说来也怪,猛禽野兽见了他,都没有要侵害他的意思。有一些甚至能感觉到赤子身上有一种不可侵犯的威严,于是退避三舍。

总算翻过了大漠,疲惫的赤子入了梦乡,梦里妈妈抚摸着他的脸依旧对他说:"赤子,去替妈妈叫醒你的哥哥姐姐，然后去找舅舅。"

赤子开始用童稚的嗓音唱起了妈妈日日哄他睡觉的歌谣。这歌谣是龙族古老的咒语，在丛林里飘荡。

奇迹出现了。

某棵树下，泥土裂开，慢慢拱出两个小人来，一男一女，好似没有赤子那般精致。他们左看看右瞧瞧，蓦然被置于这广阔的天地，耳闻目睹周遭的一切，说不上震惊，也说不上欣喜，最多就是有些不知所措。

"哥哥！姐姐！"赤子兴奋地大叫。

两人陌生地看了赤子一眼，就那样面无表情地、宛若大梦初醒般地走了。赤子愕然，只好在后面喊："我们的妈妈是女娲！妈妈说……去南方找伏羲舅舅……"

赤子就如此在丛林里唱着歌谣，丛林里的树下，爬出了两个人，四个人，六个人……这些女娲一路埋藏的泥人，身体里都含着女娲和泥时因思念伏羲而滴下的眼泪，五官里留有女娲呼出的鼻息，脸上留过女娲亲吻的唇印……在古老而神秘的龙族歌谣里，渐次醒来。他们一时还不会说话，只是咿咿呀呀地叫着，手拉着手向南方走去。

赤子不知自己走了多远，唤醒了多少兄弟姐妹，唱了多少遍妈妈的歌谣……他感觉自己的身体隐隐起了一点儿变化：腹中似乎有什么力量在游走充盈，但又似乎在消逝，仿佛自己的一部分，也随之被带走了。

赤子开始越来越虚弱了。原来古老咒语的功效是以消耗灵力为代价的。虽然赤子由万古灵玉所化，由女娲倾尽心力所雕，但依旧经不起如此消耗。但赤子没有停下，心里只想着妈妈的嘱托，依旧用他干裂的嘴唇、沙哑的嗓音吟唱着。

终于有一日，赤子在一棵大树下，耗尽了最后的力气，眼见着一对哥哥姐姐从泥土里拱出来，看也没有看他一眼，就走远了。赤子想喊一句："我们的妈妈……"发现完全发不出声了，视线也开始模糊……他终于失去了知觉。

## 第七章

## 凡人之家

岁月悠悠，时光荏苒。

冬去春来，冰雪消融，万物复苏。某天，原始丛林里出现一只白胡子的举父，被一棵巨树惊愕到。这树的腰围大概有二十丈，高近一百丈，树荫笼盖方圆十几里，藤蔓垂挂，根系如海，一树犹如一林。举父上下攀缘，发现树心有一空洞，可做巢穴，深探其中，发现树洞里绿苔满布，根系缠绕着一个人类孩子。

举父吓了一跳，本想窜逃，却见孩子一动不动，好像早已没了生命。

举父慢慢拨开那些根系枝蔓，触摸之下，孩子身上冰凉，与石头无异。但肤色温润洁白如玉，微微透着流转的光晕，又似血脉充盈，隐隐还有呼吸。举父大奇，这孩子是如何被包到巨树之中的？身上根系缠绕，怕是有些年头了吧？

偏这时，孩子的睫毛动了，迷迷糊糊地睁了眼，蒙蒙眬眬地看着举父头上的光影，嘴里喃喃地叫着："妈妈……"

赤子视线正常后，才看清眼前是一个状如母猿的灵兽，臂膀有繁密好看的花纹，尾巴却似豹尾，又粗又长。

"你好，我叫赤子。"赤子想撑起身来，却发现身体被根系缠得死死的。

举父愣了半响，将赤子小心翼翼地从枝蔓中抱出来，爬出树洞，放在宽大的树干上。赤子看看四周，挠着头问："这是哪里呀？"

举父嘴唇噘起，发出轻嘘，示意噤声。他向四周看了看，不想巨树的高处，栖着一窝猫头鹰。猫头鹰眼尖，大叫起来："是个两条腿！是个两条腿！"

举父单手抱起赤子，只舒展一只长臂，在枝叶间起伏窜荡。

因为猫头鹰示警，林中百兽已经聚集过来，有虎豹熊狼，有鹿猿犀兔……赤子惊恐地看见它们在地面上向自己追逐。老虎愤怒地皱着鼻子低吼，狼群仰脖在叫："吃了他！吃了他！"

举父一边在枝干间奔飞，一边喊："他只是个孩子……"

举父一路奔逃,一直跑到天黑,跑到森林的边缘,才摆脱了群兽的追击。赤子知道那些愤怒的兽群想要攻击的是自己,他看着还在喘息的举父问:"它们……为什么要吃了我?"

"因为你是两条腿。"

"两条腿?"

"这是森林里,动物们对人的称呼。"

"为什么这样恨人呢?"

"因为人……这么多年来……人一直在伤害我们。"

"这么多年来?人出现了很久吗?"赤子懵懵懂懂,人不是妈妈造出来的吗?包括自己。哥哥姐姐们是自己唱着歌谣叫醒的……只是后来自己太累了,不知不觉睡着了……

"你还小,不懂。"举父抚了抚赤子的头,"在很久很久以前,森林里出现了人,用奇怪的姿势和两条腿直着身子走路,大家就叫他们'两条腿'。刚开始大家觉得'两条腿'太可怜了，瘦瘦的，没有尖牙，没有利爪，没有厚皮，没有长毛，光溜溜的……许多动物都会主动帮助他们。后来大家慢慢发现他们并不简单，石头树枝在他们手里都有大用，能杀死很凶的虎熊，吃它们的肉，把它们的毛皮披在身上……这也无妨，本来森林里就是这样争夺的。可是他们并不是肚子饿了身子冷了才杀动物，他们还会用树木围成栅栏，把动物关起来，养起来……后来就有动物投靠了他们，比如狗，还帮他们一起追捕森林里的动物。还有牛，还有马，干脆就跟在他们的屁股后面，给他们骑，为他们产奶，给他们杀死取肉……那个时候，动物们就发现自己再也不是'两条腿'的对手了，只有被宰割的份儿。结果……'两条腿'想要的，远不是森林里的地位，他们呼啦啦地搬走了。森林又恢复了安稳，听说'两条腿'在外边很是厉害，连百兽之首的龙族都被征服了，简直就是这天地的主人。只是'两条腿'越来越多，好像外边都不够用了，就开始烧森林，种他们采集的植物，牧养他们驯化的动物……我们的家园就越来越小了……你说,大伙能不恨吗?"

信息量太大,赤子一下接受不过来,只是问:"那在哪里能找到人呢?"

"我就是要送你到森林之外,让你回到人的地盘。这历代的仇怨,总不该叫你个小孩子承担。"举父不知为什么,觉得这个人类孩子身上有种至纯至真至诚的感染力,令它怜惜,于是抱着赤子登上树冠,指着森林外的平原,那平原的高坡上有星星点点的火光和炊烟,说:"往那边走,就能遇见大人。不要再跑进森林里了。"

赤子告别了举父,向那片平原的火光走去。

他终于也见到了人,许许多多的人。

两伙人打着火把,手里操着石斧、木棒对峙着,恶狠狠地盯着对面。几乎没有人发现这个走近的孩子。

赤子扯了一下一个大人的衣襟,那人才低下头。那是毛发茂密的一张脸,眼神中带着戒备和惊异。

"哥哥!"赤子怯生生地叫了一声。

对方没有应答,只是盯着他看。赤子又扯了扯,对方跳了起来,怪叫着缩到人群里。

赤子感到迷惑。

人群中不知谁喊了一声:"这孩子不是我们村的!"所有的目光都集中到了赤子身上,对面喊:"也不是我们村的!"

"谁家的孩子?"

"管他的。"一个粗壮女人将赤子拎起来,举到高处,把他挂在一棵歪脖树上,荡荡悠悠的。

那女人好似是个带头的,只听她暴喝一声"干掉他们",人群便举着武器向对面冲去……这是两个村庄之间为争夺水源而发生的械斗。人们的嘶吼声、棍棒交击声、火把"嗞嗞"声、哀号哭叫声嘈杂一片,没有人能听见一个孩子在那儿"哥哥姐姐"地叫着。

满地狼藉,到处是熄灭的火把、断棍和血迹。人早哄散了。挂着赤子的那树枝再也支撑不住,咔地折断,赤子摔了下来。掸了掸身上的尘土,赤子看见东方的夜幕慢慢敞亮起来。

越往东走,见到的人越多。赤子一个孩子一路走,常有好心的路人问:"你妈妈呢?""你妈妈是谁?"赤子都如实说:"我妈妈是女娲。"人们常会大笑。也有人问:"你找谁呀?"赤子答:"找伏羲。"又是一阵大笑。

这个奇怪的孩子,无论人家岁数多大,见了都叫哥哥、姐姐。自然,也没有谁愿意收留他——多一个人,就意味着多一张吃饭的嘴。每一口粮食都来之不易,留下一个"怪"孩子可不是一个明智的选择。

无论是依山还是傍水,彼时的人类大多成部落聚居,部落间争夺地盘的冲突因此时有发生。大的兼并小的,最终又被更大的部落所兼并。虽不能说血流千里、哀鸿遍野,但生民多艰确是事实——狩猎的为猎物所食,采集的坠落山谷,捕鱼的溺水而死……能平安长大成人,能安然活到老死的人竟是少之又少。赤子虽小,但长途跋涉中,所见所闻一点儿也没感到举父所说的"两条腿"有多强大。

就这样，也不知走了多久，赤子感觉山势渐缓，地势渐平，忽见眼前豁然一条大河，缓缓而流。岸北不远处，还有不少高高矮矮的茅屋散落平原。正是傍晚时分，炊烟袅袅，鸡鸣犬吠，一派祥和景象。

赤子走向距离最近的一间，还未到门口，一条小黄狗就叫嚷起来。

赤子心道，果真是举父嘴里最早"叛变"的狗呀。

一个苍老的声音从屋里传来："阿黄，别吠了！"一个小女孩稚嫩的声音接着道："阿爷，我去看看是不是王叔给我们还麦子来了。"一出门，才发现小黄趴在另一个五六岁孩子的脚下，偶尔"呜"一声，一脸享受的样子。

六七岁模样的小女孩惊奇地问："你是谁？"

"我叫赤子。"

小女孩转头就朝屋里喊："阿爷，外面有个小孩！"

这回轮到老爷爷意外了。他看这孩子衣衫褴褛，想必已不知走过多少路；可衣服未遮盖的地方，却是白里透红，纤尘不染——他这一辈子，可没见过几个这般干净的人。

"孩子,你从哪里来?"

"西边。"赤子答。

"你饿了吗?"

"饿。"

"小姬,"爷爷对小女孩说,"快把他领进屋!"

低矮的茅屋下是更低的地,中央的火塘生着火,一阵香气从一个陶鬲里飘出来。老爷爷拿出陶碗,从鬲里倒出一堆热腾腾、黏糊糊的东西,端到赤子面前:"吃吧。"

见赤子迟疑,小姬在旁边叫道:"放心,可以吃。"赤子这才接过碗,用两根细细的树枝扒拉着往嘴里送。

下一刻,"啊……"赤子眼睛都瞪直了,然后也不怕烫嘴,三下两下就把碗里的羹给吃了个精光,连碗底都用舌头舔了个干干净净。自记事以来,赤子所吃的无非酸甜苦涩、味道不一的果子,要么就是如草药一般难以下咽的杂花野草,哪里吃过这种热乎的熟食?

"好吃!这是什么?"赤子忍不住问——吃过那么多

次教训，如今他可不会逢人就说自己妈妈是女娲，要找伏羲了。

"面糊糊，"小姬抢着答，"是用小麦做的。你是来得巧，今年收成好，否则，连我们自己都吃不到呢！"

"小麦，又是什么？"

"小麦呀，就是一种庄稼，长在地里，秋天种下，要到第二年夏天才能收割。"爷爷慈祥地看着赤子。

"可惜现在愿意好好种庄稼的人越来越少了，"小姬又抢着说，"就像王叔他们，打猎、采集都懒得去，好像烧几束麦秆子，对着天喊喊话，天上就能掉下馅饼来一样。"

"小姬，在外面可不敢这么胡说！"爷爷教训道。小姬嘟嘴。赤子则是一脸懵懂。

"对了，赤子，你怎么一个人在外面啊？你爸爸妈妈呢？"爷爷这才想起问这个重要问题。

"我没有爸爸。妈妈不见了。我就是……去找舅舅的。"赤子一想到妈妈，眼泪就在眼眶里打转了。

"可怜孩子,你舅舅在哪里?"

"南方。"

"那还远着呢。"

当晚,爷爷把赤子留下来过夜。三人挤在火塘边,一起"打地铺"。七月流火,凉风习习,火塘的灰烬里还有火种,在黑暗中发着红色的幽光。有阿黄在屋外看门,大家也不怕豺狼,蟋蟀的唧唧声此起彼伏。赤子一夜无梦,那也许是他"醒来"之后,睡得最安稳的一觉了。

# 第八章

## 绝地天通

是公鸡把大家叫醒的。不是一只，而是感觉整个村落的公鸡都在同一时间打鸣。鸟儿争先恐后地叫着，狗狗们跟同类隔空打着招呼，人声开始鼎沸，劈柴生火，烧水做饭，大人们互道问候，不知哪家赖着不肯起床的孩子被打了一屁股，哇啦哇啦鬼哭狼嚎起来……这一切，对赤子来说都太新鲜了。

"今天要不要跟阿爷一起去打鱼？"小姬问。

"好呀！"赤子兴奋地回答。他毕竟还是个孩子，第一次被一家人所接纳，尤其是被另一个孩子盛情邀请，快乐之情溢于言表。

于是，吃过早饭，爷爷扛上一根削尖了的长棍，木棍一头吊上一个竹篓，肩上再挂上一张细丝编织的网，带着小姬、赤子和阿黄出门去。他们先是沿着大河往下游走了好几里，到了一处山脚下，又折而进山，直走到山坳里一处水势不那么湍急的石涧，才停下脚步。

"赤子，我们一起来拉网！"小姬叫。

两个小朋友一人拉一头，把网张开，从下游往上兜，爷爷则手持削尖的木棍，在上游刺鱼。捕鱼是一个手艺活儿，不过爷爷早已熟能生巧，常常是双脚不动，然后用木棍猛地一插，就能刺中一条鱼。

赤子和小姬也有收获。有小鱼游过来，用网一兜，小鱼便很难漏网而逃。赤子在浅水中追着鱼跑，溯流而上没几步，阿黄在岸上忽然吠了一声，小姬惊叫："爷爷，这里有怪鱼！"爷爷拿着棍子大跨步上前，赤子指着水里大喊："在这儿呢！"爷爷一看，反而不着急了，一把将赤子抱上岸，"这是何罗鱼，长着一个脑袋，却有十个身子，会发出狗叫的声音，据说吃了能治病。但这种灵鱼啊，咱们不杀。"

"阿爷，既然可以治病，为什么不杀？"小姬歪着头问。

"这捕鱼之法，本是伏羲始祖所传。他说，结网对人是极好，对鱼则是灾难。所以捕鱼当有所节制。"见赤子和小姬都不太明白，爷爷抬头看天，解释道，"像何罗鱼这样的灵鱼，存世更少，如无必要，最好不去捕杀它。"

赤子忽听见"伏羲"二字，忍不住追问道："伏羲？"

"是啊。"爷爷倒是自己叹了一口气,"这个道理,伏羲始祖早跟我们说过,只是大家把他的教诲都忘得差不多了。"

"那……您认识伏羲吗?他在哪里呢?"

"伏羲是我们所有人的始祖,已经走了。"

"走了?去哪儿了?"

"走了,就是死了,不见了。"爷爷回答,"也有说,他去了天上。你知道吗?传说伏羲大神是人脸龙身,披头散发的,鳞片闪闪发亮的粗大龙身绕着一株高耸入云的大树攀缘而上,最后消失在云雾中。那株参天大树叫作建木……"

赤子心中大震,原来舅舅伏羲已经死了?但听爷爷的描述,伏羲人面龙身,和妈妈女娲一样的……"什么时候走的?"

"羲祖在世三千载,走了也近六千年了。"

赤子一听吓一跳,都是好几千年前的事了,难道是相同的名字?嘴里喃喃问道:"那……女娲呢?"

"娲祖？那也是我们人的始祖呀，最早的人都是女娲始祖造的，但是……不知为何，娲祖造了人，就没再管了，最后是羲祖来教化引导人们如何结绳记事，如何结网捕鱼……所以我们后人更崇拜羲祖。"

赤子和天地间所有的人类一样，并不知道正是女娲以被永久封印的代价，从西王母那里换取了人类生存世间的机会。

赤子只在想，原来已经过去快一万年了！自己睡了这么久吗？那妈妈会不会也……一念及此，赤子的眼睛红了，再也忍不住，哇哇地哭起来。

小姬在一边看着，悄悄地牵住了他的小手："怎么啦？"

"我想妈妈了。"赤子抽泣着。

小姬也跟着哭起来："我也想……爸爸妈妈……"

两个小孩抱在一起，哭得没完没了。半晌平息下来，赤子才问："小姬，你的爸爸妈妈呢？"

"阿爷说，我妈妈是神，在生完我之后，感应了上神的指示，被召唤到天上去了。爸爸为了找妈妈，去了南方，说是只要找到那株建木，就可以攀到天上见到妈妈。可是他走了之后，颛顼帝说人神从此之后不该往来，砍断了建木……我爸爸就再也没有回来。"小姬说着说着又开始抹泪了。

"你妈妈是神？不是人吗？颛顼帝又是谁呀？"赤子只觉得有许多不明白的问题。

爷爷蹲下来摸摸他们的头："都不哭不哭了，我们的鱼够多了，回去烤给你们吃……这人和神的故事可长着呢，晚上讲给你们听。"原来爷爷是附近几个村庄的巫师，逢庆典祭日就要将许多的历史唱诵给人们听的。

天还没有黑尽，爷爷就在火塘中生起了火，用石刀把鱼肚剖开洗净，然后用竹签穿过鱼肚，做了一道烤鱼大餐。三人大快朵颐，连阿黄也分到了几块鱼骨头啃一啃。

爷爷讲起了过去——

"差不多九千年前，娲祖抟土造人，人生于天地间。羲祖教化引导，人立于天地间。伏羲、女娲皆是人首龙身，出自龙族，所以我们又被叫作'龙的传人'。而人的能力千差万别，有异能的人，如龙一般可飞可遁可变化，还比龙更聪明……而没有异能的人，可能比鹿羊还要弱小。刚开始，都是有异能的人统领家族或部落，后来部落首领都被称为神，被民众崇拜和供奉。在神的带领下，人族越来越强大……

"羲祖走后，人族推出盟主农皇炎帝，可统天御地，是为天地共主。炎帝走后，黄帝出，但炎帝之子蚩尤不服，各率神人灵兽大战，天地变色，血流成河，最后蚩尤败亡，但人族自相征战也伤毁过半。如今，天地共主的位子传到黄帝的孙子——颛顼帝的手里。颛顼帝发现神和人的能力越差越远，索性将天地的通道……建木巨树砍断，天为上界神所，地为下界人居，规定神人不可结合，不可随意往来。正因如此，小姬的妈妈不可能再回来了，而小姬的爸爸也没有了消息……

"颛顼帝或是怕神血被凡人稀释，神的能力一代不如一代——的确有这样的说法，如今的上神们，能力怎么可能和蚩尤那辈相比呢？更不要说羲祖农皇了。所以才颁布这绝地天通、神人两分的政策，但如此一来呀，神就不是一种能力了，更像颛顼帝给予的封位。因为还有许多大能异士留在地上，他们或是当年流放的神，或是异见者、叛逆者，现在都被贬称为魔或妖，不得涉足天界。还有许多灵兽，在天上的就叫神兽，在地上就叫妖兽……这神魔之间早晚要起争端，只怕不小于当年黄帝蚩尤之间的战争。"老爷子说着连连摇头。

"都是妈妈的孩子，为什么还要这般相互争斗呢？"赤子听着恍惚起来，原来现在的神和人，都是被我叫醒的哥哥姐姐们的后代呀。他们在舅舅伏羲的教导下，一代一代，已经变得这么厉害了。那妈妈还会回来吗？我下一步要干什么呢？

赤子暂住了下来，跟着爷爷和小姬日出而作，日落而息，辨草木，识虫鱼，闲时就跟小姬在村子里戏耍。采集狩猎，种植收割，生存之不易，他好像有了点切身体会。在村子里，偶尔会有调皮顽劣的孩子嘲笑他是"野孩子"，但打过几架后，彼此也就相熟地玩在一起了。

不过有一件事让他感觉有点儿奇怪：并不是所有人都像爷爷那样热爱劳动。好几次，他经过几间茅屋，都只听到里面的大人呜呜喃喃不知在念唱些什么，间或还会尖叫一声，听着怪吓人的。

还有一次，他听见一间茅屋里的一个男人在骂他的妇人："早就跟你说过，拜女娲没什么用，还拜！"妇人则大声回骂："就你聪明！聪明得连祖宗都忘了！女娲娘娘是我们的始祖，拜一拜有什么错！"男的道："女娲可不是什么好神，只管自己逍遥，什么时候操心过她的子女？"女的道："那我管不着，我阿爷的阿爷说，我们的命，都是女娲娘娘给的！"

听里面的人吵个不休，赤子在门外大喊："我妈妈女娲是好神！"

里面安静了片刻，接着两人鬼鬼祟祟探出头来，一只草鞋飞出来，差点儿打中赤子的头，男的在里面骂道："小毛孩知道个什么？大人说话别插嘴，去去去！"

阿黄朝屋里吠了两声,小姬跑来拉着赤子的手,一边快走一边小声问:"女娲娘娘真是你妈妈呀?"

"是啊。"

"你骗人!"

"骗你是小狗!"赤子站住,有点儿赌气地对小姬说,"妈妈还带着我飞到天上去看云彩呢!哪天我找到了妈妈,让她也带你在天上飞一飞!"

"爷爷说,女娲娘娘离世九千年了,那你得多老了?怎么还是个比我还小的小孩呢?"小姬不依不饶,"还有,你妈会飞,你却不会飞?"

这两个问题,赤子倒是答不上来了,想了半天也不知如何反驳,只好气呼呼地大声叫道:"反正她就是我妈妈,总有一天她会来找我的!"

眼见月儿由缺转圆,再过几天便是中秋。爷爷去山里摘了桂花,打了柿子,做成桂花糕和柿饼,就当是过节的佳肴了。

不过,中秋之夜,所有人都要一起过。因为,巫觋将作通天之法——那是部落的传统。

到了中秋那天,天还没暗,圆形广场上就站满了人。小姬带着赤子挤到前排,赤子第一次发现,原来部落有那么多人,而且好些看起来都强壮彪悍。他心想:为什么平时从来不曾遇见过呢?

夜幕降临,仪式开始了。人群忽然安静,中间让出一个身着黑袍的老妇人,后面跟着五个头戴面具、赤身裸体的精壮汉子,一齐走向广场中央。那里立着一根比人还高的黑色圆头石柱,石柱外围倚着一圈柴火,柴火外圈铺着鹅卵石,鹅卵石之外则是一圈黄色的细土。

有人把干柴点着,老妇人掀开头巾,露出满脸刺青,开始高唱。在赤子听来,似乎唱的是什么"荷此长耜,耕彼南亩,四海俱有",还有什么"土反其宅,水归其壑,昆虫毋作,草木归其泽"之类的,但前者既口齿不清,赤子又是个孩子,哪里能理解是什么意思,只觉得有些新奇,又有些害怕。

五个壮汉踩在黄土上,开始跳舞。他们的手臂高举向天，脚落下弹起，弹起落下，速度快到简直令人眼花缭乱，嘴里则发出"嚯嚯"的怪叫。等到老妇人发出一声怪异的弹舌长啸，场下的村民也开始"嚯嚯"地叫着，接着跟随舞者的节奏摆起手、跺起脚来。

月至中天，似乎没人感到疲倦。篝火越烧越旺，前排的孩子都因热浪袭来而不禁往后退，但舞者却丝毫没有散开的意思，反而缩小了圈子，开始在烤得通红的鹅卵石上跳。老妇人也加入了舞蹈，只是动作并不剧烈，右手将一根奇怪的枝条甩来甩去，左手把铃铛摇得叮当作响。所有人都陷入了迷狂，老妇人开始鞭打那五个汉子，让他们发出更大的"嚯嚯"声，群众齐声高喊："天！天！天！"有些男人和女人开始脱衣服，赤子和小姬正犹豫要不要继续看下去呢，旁边爷爷伸来一只大手，把他们拉走了。

爷爷把两个孩子带回家，关了门户，果真不久就听见军队冲进村庄的声音，他们是部落上面的联盟派来的。赤子听见广场上人群被驱散的声音，但有些人不从，好似又起了冲突，斥责声哭喊声响成一片……"大人们又打起来了？"赤子不解，哥哥姐姐们的后人，怎么这么喜欢打架呢？

"小点儿声。"爷爷低声道，"颛顼帝颁布过天谕，凡人不能崇尚鬼神而废人事，不能遍地巫觋，妄与天通……这是来抓巫觋的，不叫人们随意祭祀了……哪怕是多年的传统。"

"爷爷不也是巫师吗？他们会不会抓走爷爷？"小姬担心地问。

"不怕，爷爷……只在心里头想。"爷爷重重地叹了口气。

赤子想起前几天，那对吵架的邻居夫妇，也只能在家里偷偷摸摸地祭拜祖先。

第九章

# 洪水滔天

赤子对妈妈的思念与日俱增。

赤子又梦见了妈妈。她似乎被什么东西束缚着，努力想要挣脱，却怎么也挣脱不了。赤子着急得大哭，却也不知如何是好。他感觉到妈妈在持续坠落，好似就要死了，口中一直念着："我的孩子、孩子、孩子……"

赤子突然惊醒，梦里的感觉挥之不去，忍不住偷偷跑到空旷处哭泣，最后走到水边，将头埋进水里，大声叫"妈妈"，气泡咕嘟嘟地翻上来——这样，就没人听见了。

既然九千年过去，赤子想，那妈妈还在不在呢？不管怎样，自己必须要动身去找妈妈了，去哪里找呢？先回到母子分别的昆仑山吧！

第二天早晨，赤子正想跟爷爷和小姬告别，话还没说出口，村子里就响起了急促的敲锣声，那支前几日驱散欢庆人群的军队又回来了，他们随着锣声高喊："共工谋反了，共工谋反了！"

村民纷纷走出家门，齐集广场。爷爷带着赤子和小姬刚赶到，就听到领军的将官说："昊天之下，水陆相接，水处十之七，陆处十之三，今有水师共工，不服圣德，乘天势以隘制夫下……"

赤子问爷爷到底是什么意思，爷爷一脸忧色，长叹一声："天下要大乱了。共工本是北方主神，也是水神，一直与颛顼帝不太对付……这次颛顼帝绝地天通，也没有将他封到天上，看来是要彻底翻脸了。"

再听了一会儿，之后军队将部落的青壮年全部征入军队呼啸而去，只留下老弱妇孺在广场上。余下的村民七嘴八舌地交谈起来，有说颛顼帝英明的，也有说共工造反有理的。这时爷爷走到中央，用棍子把石板地敲得笃笃作响，又摆摆手，示意大家安静下来："乡亲们！共工作乱，且不说理由为何，真要打起来，共工必然会在上游决堤放水。我们族人世代傍水而居，共工驱水而战，洪水不日就要到达我们这里，大家现在不走，恐怕到时候就来不及了！"

听完爷爷一番话，村民有说坚决不走的，有问两军交战自己应该站哪边的，还有的则跟家里人商量要带什么东西逃亡,更多的人则是惊慌失措,甚至急得哭起来。

爷爷高声道:"洪水自上游倾泻而下,我们要是往东去,肯定会被洪水追上。当下的唯一办法,就是走到北边的高地,然后往西而去,尽量赶到共工决堤的上游。有谁愿意跟我一起走的,现在就回家去收拾东西吧!"说罢,牵着赤子和小姬就往家里跑。

他们把家里能穿的衣服都层层套上,剩下的干粮全都背上,再拿上石镰、石矛等,然后急忙往北边的山上走。爬到半山腰时,别的村民陆续赶来。

将近天黑时,只听得山下轰隆作响,大家回望村庄,果然洪水已至,水漫过岸,茅屋瞬间被冲毁淹没。眼看着留守村庄的人葬身大水,众人号啕大哭。

赤子怔怔地看着洪水里漂着数以千计的人类尸体。他身子微微颤抖,小姬摇了摇他的手,赤子什么也没说。他只是觉得人杀起人来,竟还有这般多的手段。

颛顼帝的地面联军采取了跟逃难村民同样的策略,兵将沿着高地往北避开汹涌的黄河水,接着向西行军,希望在上游水势较弱的地方与共工叛军相遇决战。军队迅速地追上了众多的逃难者，沿途征掳百姓充当劳夫，包括爷爷在内的妇叟负责烧饭后勤，赤子、小姬和其他几个半大孩子则被指派给军中的那些鸟兽喂草料生肉……

一路奔突向西北，直到到达高耸入云的不周山下，终于与共工的叛军相遇。

两军隔着黄河对峙。山峡之下是汹涌高涨的浑水，里面翻腾着狰狞水兽，也是共工的属下。共工的军中，这样被上界贬为"妖兽"的还有很多，远远高出林立的旗帜。比如九头巨蛇相柳、状如巨虎却有翅膀的穷奇，以及传说是蚩尤被砍下的头颅所化的凶兽——羊身人面、眼在腋下、虎齿人手的饕餮。

颛顼的人间联军为之心寒，人怎么可能打得过这些巨怪妖魔呢？

这时天上云层中开，几束光透射下来。一支天上的神军踏云而出，竟是颛顼帝亲自到了。

颛顼骑着一条白色的角龙，左侧是人面鸟身、双耳各悬一条青蛇、双爪缠绕两条青蛇的司冬之神禺疆。禺疆是颛顼的弟弟，正是他在天上顶替了共工北方主神的位置。

颛顼的右侧，是一条张着蝙蝠般肉蹼翅膀的巨龙，正是龙族里最高阶的应龙。颛顼的绝地天通的政策，生生叫龙族分裂了，会飞的飞龙、角龙、应龙入了天界，水里的蛟虺自然站在了共工一边。

颛顼骑龙而出，声音威严，荡清四野："共工何在？你为何反叛？"

黄河翻出滔天巨浪，震得两壁沙石俱落，浪涛里升起一条黑蛟，头上站着的正是共工。

共工哈哈大笑："我为什么反叛，你不知道吗？为了给你兄弟禺疆腾位置，我都被你贬为地上妖魔了！不是说神魔不两立吗？哪还说叛不叛的？"

"大胆！"禺疆正要上前，颛顼喝止住他，转而对共工说："绝地天通势在必然，只是你们这些地上的大能……

我还未来得及安排。"

"狗屁的绝地天通!"共工冷笑。

"以前人神杂糅,人可上天,神可下地,确是实情。然而这些年来,黎民乱德,家家为巫觋,就算自己没吃的,也要供奉祭祀,不事生产,争相求神灵眷顾,妄图一步登天。我颁布绝地天通,使人神不扰,各得其生,各得其序,有何不对?"

"说得倒是好听!为何家家户户成巫觋、行祭祀?"共工转身看了一眼身后的士卒,"你问问我身后这些人——他们中,哪个不曾失去至亲?哪个不曾遭受苦痛?死于水火,死于兵灾,死于争斗,死于疾病,死于饥馑,死于禽兽,死于不测……自出生,便入死,生而为人,真是太不容易了。那些失去父母兄弟的人,只不过借着烧一炷香、跳一支舞来缅怀逝去的亲人,祈求一点儿希望罢了!难道,这样也有错?"

共工说得大义凛然,不仅自己的部众感动,连颛顼这边的将士,也多有暗自认同的。站在人群边缘的小姬听见共工洪亮的讲演，想起自己的爸妈，不禁掉下泪来。

"我共工氏世代理水，世代镇守北方，可为什么久被轻视打压？不就是因为我是炎帝之后吗？炎黄虽早已联合，而你这个黄帝之孙，依旧时刻防备着炎帝系的旧人，想用你亲弟弟彻底替代我……所谓的绝地天通，不过是在排除异己！"共工越说越愤怒。

"共工，你莫要在此惺惺作态。我问你——"颛顼道，"你三天两头跑到九黎之地，真是帮人家治水？九黎八十一部可是当年魔王蚩尤的部下，你若无谋逆之心，又为何去招揽他们？还有你那个臣子相柳——瞧瞧他的毒蛇嘴脸，你是平过水患，但他往那水里一蹚，百姓喝一口，立马毙命；浇的庄稼，立马枯死！你敢说共工氏治水，就是一心为了百姓好吗？"

"颛顼！你辩不过就要泼脏水污蔑吗？"这边相柳跳起来大骂，九个蛇头一拱一拱的，的确吓人。

"他们就是这般虚伪！"共工说罢就出手了。这个有着一头火红长发、铁臂虬筋、身上文着无数水形文身的大能微微屈膝,然后倏地向上一跃,浮在空中。他的坐骑黑蛟随之蹿匿到水中。威风凛凛的共工单手竖掌于胸前,口中念念有词,崖下的大河突然有了生命,波浪翻腾不息,旋转汇聚成比黑蛟大十倍的巨蛟形,向颛顼大军这边的崖壁灌注而去。万顷波涛,岂止千钧之力?颛顼大军被冲击得七零八落,人们的呼救声瞬间被洪水吞没。

颛顼瞳孔收缩,眼中惧意一闪而过:"应龙大神,该劳你大驾了。"

应龙振翅一旋,龙身越变越长,越变越大,张巨口一吐,一个太阳般耀亮的火球射出,向共工的水蛟迎上去。

水蛟的头部遇到烈火,被灼烧成水汽,继而蒸腾而上,化为大片的光雾,雾里弯出绚烂的彩虹。共工催力发功,水蛟的身体也就源源不断地生成。一生二,二生三,三生无数,夹泥带沙,奔涌向前。光雾越来越大,越来越浓,犹如彩色的虚空幻境。

旌旗摇动,鼍鼓嘭嘭,颛顼一挥手,数条飞龙以身架桥，引人类联军冲向对岸。云端的神军俯冲而下，"砸"入共工的阵营。

双方的军队都是神魔夹杂着兽，兽牵引着人，呐喊着撞在一起。在穷奇和饕餮这对凶兽的猛烈冲撞下，颛顼的神军被迅速撕开一道口子。兽兵不堪一击，人类更是被踩踏成肉泥。颛顼眼看不妙，亲自入阵，两军杀得难解难分。

九头蛇相柳也加入了战斗。他庞大的身躯爬过之处都变成沼泽，人陷其中，在沉下去之前便为腥臭难闻的毒气所呛死。

禺疆驱青蛇飞啄相柳的九个蛇头，又鼓荡出西北厉风，将相柳所腐化的沼泽淤泥连番刮起，向共工的军队覆盖过去……站在地上的一些人类兵卒，难分敌我，要么掉入地缝，要么被卷到空中，又重重地摔下来。

天地交击，水火四起，神魔嘶吼，兽血蒸腾，人在其中，犹如蝼蚁齑粉。黏稠如泥的黄河，被血色染红，浓得化不开。

第十章

# 天倾西北

战况胶着，空前惨烈，就看哪一方先坚持不住。

河崖这一边的赤子一直目瞪口呆地看着对岸的战场。可是峡底的洪流在共工的不停催发下，已经漫到了崖顶，以身作桥的飞龙都被大浪卷走……爷爷一把抱起赤子和小姬开始奔逃，不过在小姬眼里看得清楚——洪水每次要冲到祖孙三人身边的时候，都仿佛遇到一层无形气罩，自动分流而去。

赤子忽地从爷爷怀抱里挣出来，一个人向山崖跑去。

"不要打了！"赤子边跑边挥着小手。

在小姬看来，神奇的事情又发生了。赤子的身体就像被一个透明光球笼罩住，赤子在里面奔跑，光球旋转，竟能在洪水上漂行起伏。没一会儿，赤子便跑进了对岸的厮杀场！无论是人还是兽，虽然可以把赤子撞得踉踉跄跄，但在光球的护佑下却始终无法把他击倒。赤子咬着牙，承受着一次又一次交战双方的冲击，一边喊着"不要打了"，一边试图用自己微小的身躯，分开那些争斗得你死我活的人兽。

兽兵嘶吼，战马纷乱，混战中赤子只觉得血色迷离，模糊了眼前的世界。危难时刻，赤子只觉得身体越来越热，仿佛内里有一种力量要喷涌而出。那护体的光球越来越亮，开始带着赤子浮向空中。

"你们不要打了！"一个稚嫩的声音在空中响起，却每个人都能听到。

众人仰首，只见一个五六岁的孩童，悬浮在一个不停流转的玉色光球里，用几乎是哭出来的童音叫道："你们都是妈妈的孩子呀，孩子死了妈妈得多伤心呀！"

那声音似乎有魔力，触及了每个人心中柔软的部分，脑海里不由得浮现出母亲的容貌……所有人，哪怕是神兽妖兽，都不知不觉地停下来，呆呆地仰望着这个孩子。

颛顼觉得奇异，他脑海里也看见了自己的母亲，不禁一阵失神，随即问道："你是谁家的孩子？"口气竟然十分温柔，生怕吓着孩子似的。

"我叫赤子，是女娲的孩子。"赤子认真回答。

颛顼失笑道："这里谁不是女娲的孩子？"

"你们承认自己都是女娲的孩子?"赤子有点儿惊喜。

"娲祖造人,是人类之母,只要是人,不论神仙凡俗,都是娲祖的孩子。"

"那就都是一家人……为何还要杀来杀去?"

颛顼竟一时无语。

共工慢慢升上来。"好孩子,好胆量!"共工靠近了一点儿,"这个家伙就是如此虚伪,平日老说爱民如子,杀起来一点儿不手软。这场仗你个小娃娃是阻挡不了了,你赶快找你妈妈去吧。对了,你妈妈是谁呀?"共工一样和声细语,他见这孩子如此灵异,想必是哪方大能的孩子。

"我说了,我妈妈是女娲!"

赤子说得斩钉截铁,众人听到后一阵骚动,觉得荒唐至极,这么小的小孩,怎么可能是娲祖的孩子?那不得九千岁了。

离赤子最近的共工也觉得荒唐,偏这孩子身上有种至纯至真至诚的感染力,让人觉得孩子说的每一句话都是真实的。共工蹲了下来，小赤子都到不了他膝盖的一半高。"那你说，你妈妈长什么样子？"

"妈妈长得很美，但变身之后，身后就会长出一条白色的长尾巴！会飞……"

共工与颛顼对望了一眼，倒是与传说中女娲的形象相似。"那你多大了？"共工问。

赤子挠挠头："不知道呀，妈妈叫我去唱歌叫醒哥哥姐姐，我走啊走啊，唱啊唱啊，实在太累了，就睡着了……醒过来就说是……过了九千年啦……我也不知道是怎么回事？"

"那你妈妈，"颛顼也靠近过来，"也就是娲祖现在何处？"

"我妈妈……我也不知道妈妈在哪里……"赤子低下了头，"我也想去找她呢。"

"哈哈哈哈，可笑啊可笑！"禹疆也升了上来，讥讽道，"区区小儿，居然也敢称自己的妈妈是女娲！而且，你们两位还当真了？"

颛顼又瞥了赤子一眼，还有点儿狐疑，禺疆继续说下去："再说了，就算是娲祖在世，那又如何？各位不要忘记，当初娲祖造人之后，就丢下不管了，一天都没有养过。后来神人各部，打生打死，经历过多少灾乱？她可曾出现过？"

赤子急道："不是的，妈妈没有丢下不管，她只是……她只是一定有我们不知道的难处……没法回来。"

颛顼与共工是在场所有神人中法力最高的，所以对赤子身上的至清至纯的灵质感应也最深，甚至想，只有娲祖亲造的初代人，才会如此纯真吧。这纯真就像一个梦境，把两人都笼进去了，心生向往。

共工忽地站了起来，回首看了看，发现自己的联盟阵营已在鏖战之中损失了大半，满目怅然："我信这孩子的话！都是娲祖一脉，都是炎黄子孙，还打个什么？你们占了天，就拿去好了。"

禺疆讥笑道："你本就要败了，却装个什么圣明？你杀的人还少了？你看看这天下，洪水过后，浮尸百万，死的不都是娲祖一脉？"

洪水还在平原上平摊奔涌，到处满目疮痍。共工心生痛悔和哀悯，念动咒语命黄河里的水怪不再鼓浪，又对属下们道："你们都散了吧，回去照顾父母吧。"说完纵身跳入黄河。河里的黑蛟现出水面迎上，用头承接。共工站在巨蛟头上，逆流向上游而去。

禹疆正要举兵追击共工及其残部，却被颛顼举手拦下："你们也撤军吧，别再杀伐了，有伤天和，有悖娲祖与羲祖的苦心。"颛顼仰望着天，隐隐觉得，眼前神奇的赤子便是远古娲祖的意志。

不周山下，共工驾黑蛟踟蹰而行。自西北垭口吹来的大风盘旋奔逐，刮在脸上如刀劈斧凿；仰望山顶，只见云雾蒸腾，全貌渺茫，不知山高几许。

共工脑子里浮现出赤子纯真的眼——从那乌黑的眼望进去，竟能看见小时候母亲在轻抚自己的脸……那时他少年意气风发，以控水术博得大名……还跟母亲说，要带她到天上去看一看……

共工一拍巨蛟的头顶,那头上就生出两只龙角来,原来他的老伙伴是条黑角龙。共工双手抓住龙角,黑龙腾水而起,贴着山壁直上,不久就隐身在山腰的云层里。

飞升,飞升,一直穿过最高一层的云雾,共工惊奇地发现,眼前是一个自己从未见过的世界——高高在上,洁白无瑕,空灵通透,无边无际,似乎什么都没有,又似乎什么都有。在其底部支撑着的,是众多云雾缭绕的天柱,那便是他刚刚登顶的不周山。

"天上还真的美呢……母亲。"共工喃喃,忽地转头,"谁?"

云雾里慢慢露出一个身形,正是驾白龙的颛顼。

"就你一个?"共工奇道。

"如此不是正好?你我都不愿再让联盟间刀兵相向、生灵涂炭了吧,那就你我两个,来了结几代的恩怨。"

"甚好。"共工左手化出一个巨盾,右手握着长戈,"蒙你多年打压,我母亲至死都没能来这天上看一看。"

颛顼手上多出一把剑来,叹息道:"我出手了。"

不周山有不周风,随着颛顼的剑意,盘旋冲撞的大风仿佛见了主人,纷纷归集在颛顼的四周。颛顼挥剑而出,无形的风竟汇聚成风柱,向共工奔袭而去。

黑龙首当其冲,腹部被风柱重击。它却将龙身盘曲成钢铁般的罩子,护住共工,抵住一阵又一阵风的撞击,黑鳞纷纷脱落。

共工心知这是颛顼的主场,如此防守只会被动到底。他本就一贯悍勇,于是大喝一声,声音响彻云霄,他从龙身护壁里弹出,云层里的水汽被共工的神力吸引,凝成水滴向共工聚拢而去。

剑光一闪,割断了不周风。

共工忽生惊惧,凝结在四周的水滴瞬间都冻结在巨盾上,巨盾陡然增厚了一倍才迎上那道剑光。

巨盾在破碎,共工忽然感到胸前一阵剧痛,才看清有一把怪异的剑插在胸口上。

"这是轩辕剑,本是西王母之牙,可破世间万物。"颛顼把身子倾过来说,"我祖父黄帝陛下,就用此剑杀了你家刀枪不入的蚩尤……"

剑一拔,共工再也站不住,开始向下坠落。听见黑龙嘶吼,他回首望去,看见剑光又亮起,黑龙身躯断为两截,各自蠕动挣扎。共工的眼神从未离开过刚才交战的地方,即使云层重新遮住了他的视线。

"我就要这样死去了?"共工心想。

愤怒和不甘顿时充满了原被赤子荡清的心胸,并化为巨大的能量,从他的丹田向外迸发。他握紧拳头,下坠的雨滴竟然在半空中停住,然后向他汇聚,形成一股汹涌的浪头,将他重新托住。共工本已是巨人,这时更是暴长数百丈,然后借着云中浪潮下坠的势头,向不周山的山腰尽力撞去……"颛顼,我就用这最后一口气,把你霸占的天毁掉吧!"

天地发出巨响。天柱不周山崩裂了。

## 第十一章

# 炼石补天

颛顼和共工各自的联军都在按部就班地撤离，已经散去了大半。

洪水也在消退。

赤子慢慢地落在山崖上，身上的光晕逐渐消失。小姬冲了上来，抱着他转圈、欢呼。山崖上还有许多不知所以的民夫，茫然地看着眼前的一切……难道刚才那场已经碾碎了数不清的神将、灵兽和人类的战争，就因为一个稚嫩小孩子的呵止，戛然结束了吗？

但头上的云层里传来了巨响。

这巨响让所有人都停止了移动，似乎所有人、所有飞禽走兽的元神，都在一刹那被撞离躯壳。地上的人透过重重雨幕，听见高处的山峰崩裂的声音，如滚雷隆隆。

巨大的岩石如雨一般穿过云层，坠落下来。在山壁上带起的烟尘，也一路滚动，跌入黄河，激起咆哮的巨浪。

在上界的神，包括颛顼则看到了更为可怕的远景：天柱不周山在坍塌，天也在随之降低，随时塌落。

颛顼的声音从天界传来："所有神等，速来稳固不周山！"

颛顼自己驾龙飞向乱石穿空、沙尘弥漫的山腰。那一刻颛顼有些后悔，如果他不斩断南方的建木，这天地还有两根天柱，断不会像今日这样山折柱倾，天地就将相合。

禺疆、应龙等大能纷纷赶到了颛顼的身后，此时不周山山壁上布满了裂纹，那裂纹还在不停地伸展，向山顶，向山底，发出连续崩裂的巨响。众神齐念咒语，共发法力，却丝毫无法阻挡裂纹的生长……众神之力也不可能挽回了。

地底突然传来巨震，大地裂开了巨口，一条远古的巨龙探出头来。太大了。那头就有山丘那么大！巨龙沿着不周山盘旋而上，龙躯就如延绵伸展的山脉。

"烛龙！烛九阴大神！"颛顼惊喜地大叫。如此的远古巨神，来阻止天地相合了。

烛龙用龙身缠住整个不周山，防止天柱继续破裂。但是晚了，裂痕已经洞穿了整个山体，坠落的巨石不曾停止，击在烛龙的巨大身躯上，四散飞坠在大地上。最后整个不周山坍塌了，烛龙山脉一样的身躯也随之摔落……烛龙发出哀鸣，在笼罩天地的烟尘中，重新隐入地底。

颛顼的眼里充满了绝望。

一个玉色光球升了上来，里面包裹着赤子。赤子满脸是泪，已经哭喊了很久。他发现他的光球只能保护自己，一个人都救不了。不周山彻底崩塌时，地面上的山崖战场全部被覆盖！没人能够幸免，包括小姬和她的爷爷。大段的黄河被填满，刚退下的洪水，再次填涌出来，从乱堆的巨石上四散奔流。

赤子去摇颛顼的手："你快救人啊！"

颛顼望着破碎山河木然摇头："没用了，天地相合，无论神、人，谁都幸免不了。"

浮在高空的众神，包括赤子，能看见没有天柱支撑的天，向下低倾出一个漏斗形，原来的不周山顶那本就是一处天口，日、月，还有无数的星辰，都往低垂的天口倾斜滑落，将整个世界照耀得光芒万丈，令人难以直视。

转瞬间，地面上幸存的人也都看到了那骇人的景象——星辰从天口坠落下来，拖着奔腾的长尾，砸在大地上，地面塌陷，通红的岩浆从大地深处喷涌出来，先是形成火树银花般的绚烂光耀，继而变成红中透黑、遮天蔽日的巨大蘑菇云，把白昼掳入黑夜的笼牢。

一个巨大的银色星球坠落下去。那是月亮。

接着一个更大的金色火球，也从天口落下。那是太阳。

赤子再也看不下去了，独自急速飞向天口，他想阻止太阳！太阳都没了，这世界还有什么意义？赤子越飞越高，他感到了太阳的炙热，但还是冲进熊熊火球。

赤子徒劳地顶着太阳的下坠……

"妈妈！快来呀……妈妈！"赤子在太阳火焰中嘶喊。

"妈妈！哥哥姐姐的孩子们都要死啦！我救不了他们……妈妈……对不起！"赤子的眼泪瞬间被烧成白烟。

太阳还在下坠，无可阻挡。

"妈妈……对不起……赤子要死了……"

太阳坠落在地面上，火焰迸散，形成无边的火海。

地面再次低沉，东面的大海倾倒而来，大海与火海碰撞在一起，就像一条千里的长蛇在蠕动和撕扯，嗞嗞白烟高升，像巨大的白色幕布，升到天上。

昆仑山。

昆仑山是河水、赤水、洋水、黑水等巨流的发源地。凡人皆以为水是山顶的冰雪融化而来——那只是表象。高达万仞的山顶之上就是不可知之界，莫说凡人上不去，就是神也不敢上去。而女娲就被封印在昆仑山腰的瑶池里。

"赤子……"沉睡九千年的女娲倏地张开双眼，封印也同时发出火一般的光芒，灼烧她的身体。她感受到了赤子的痛。在持续的疼痛中，她奋力挣扎，却是徒劳的，五行阵结成的封印在女娲身上越收越紧。玉山的压力更有几百万石之重。

不知何故，河水、赤水、洋水、黑水……都在翻腾。它们就像一条条长达千里的鞭子，平日都是源头处催动，鞭子才节节催动；如今却像是有谁在鞭子的那头捏住甩了一下，连源头都能感觉到它们的抽动了。

五行阵封印被搅动得东摇西晃，女娲感到痛楚，又觉得痛快——这痛楚给予她力量，就像当初她被西王母所制时，痛楚让她元气大增一样。

"孩子，我听见你的声音了……"

她听到沉闷的重击、无数的惨叫，或皮肉被割裂的声响。咔的一声，瑶池的玉面迸出一条白色的裂痕。

压力陡增。女娲还在挣动，巨玉的裂纹在她四周增长伸展，竟然很好看。

西王母的脸在通透的玉里显现出来："你要做什么？"

"我要去救我的孩子……"女娲用尽了全身的力气。

"你的孩子们……"西王母低沉道，"的确快死光了。但都是他们自作自受。我说过，你的孩子是天地变数，且看他们如何演进选择……他们的确越来越强，几乎成了世界之王，但他们到处征服破坏，自相残杀。这不，还是他们自己将天柱毁了，天地相合，自寻毁灭。"

"王母，你就由着天地相合吗？"

"没什么不好，变数已演化到尽头。到时我和烛龙会重启天地时间，生命自有再生之理，在一方新的天地里，没有人，可能会更干净、更自然。"

玉石里的裂纹越来越多，被切割的玉面万花筒般地投射出女娲各角度的脸，每张脸都在挣扎……西王母似乎也不好受，这是世间两个最强大的女性之间的角力。

"我不会……叫天地毁灭！我不会……让我的孩子……死掉！"

昆仑山开始剧烈地震动。那震动从瑶池传递而来，摧枯拉朽般发出嘶的一声，瑶池的巨玉全部崩碎，女娲用尽所有的力气奋力一跃，冲出玉面，落在瑶池边喘息。

瑶池变成了一个无底的深洞，也传来了西王母的喘息声："想不到……母亲救子之心，能激起比原来多百倍的力量，我都拦你不住。不过……你透支强撑过甚，在这世间……必不久长。"

女娲傲然而起："只要足够救我的孩子就行！"说罢，女娲下身化作巨龙之躯，遁入云端。

池里传来西王母的叹息："原来母子命运同体，看来变数的演进，还没有完。"

女娲能感应到赤子的所在。

粉红的天空中，曲曲折折地飘着许多条石绿色的浮云，星子还在那后面拖出长尾，落向四方。太阳和月亮都没有了，化作流动的荒古熔岩。

地上都是红黄与碧绿的水流，显得格外的耀眼。

末世的天地有种古怪的鲜艳之美。

女娲落了下来，蛟尾落到海里，全身都沉入在淡玫瑰色的光晕里，裸露的上身变成一截纯白的影子。波涛都因为惊异而起伏得很有秩序了。影子在海水里晃动，仿佛所有的白色都在向四面八方迸散。女娲挥动她圆润而修长的臂膊，伸手掬起那与太阳火海搏斗过的海水，捞了几回，便有一个小东西出现在手里。

那是赤子，依旧被玉色光球保护着，紧闭双眼。

"孩子——"这柔和的声音，从女娲嘴里清晰传来。空中地上的神人仿佛被敲了一记响钟，远古的记忆被激活了，他们好像记起了什么——一双巨大而温暖的手，曾经将他们放在土地上……

赤子睁开了眼。"妈妈，"声音微弱，"你总算回来了……来救我了。"

女娲捧着赤子——他似乎比从前长大了一点儿，皮肤受了风霜的侵蚀，不再像最初那么柔软润滑，而更像一个大孩子了。

女娲的眼泪滴在赤子的脸上。"不不，赤子，是你……"女娲转头看了看那些围拢过来的人，"是你们，救了妈妈。妈妈没忘了你们，只是妈妈被困住了……是你们赐予了妈妈力量，让妈妈终于挣脱出来。现在，你们再也不用害怕了。"

颛顼忽地带头跪了下来。"娲母在上，受后辈一拜！"无论神人全部跪下，齐声高喊："娲母！娲母！娲母……"

女娲看着她的后代们——这些人是那么陌生，然而又那么熟悉。他们的脸，他们的身子和四肢，纤细乃至单薄，不匀称中的一点儿滑稽，不就是当初自己双手捏造的模样吗?

"孩子们——"女娲看着无数双眼睛,"我不是一个好母亲,你们受苦了……"她双目闪着泪光,抬头看看破碎的天口,越坠越低,星辰依旧在滑落。

女娲体内澎湃着法力。可是能挣脱生死祖神西王母封印的大能,她身体越变越大,大到几乎能接天引地。女娲豪不犹豫地拧动身体,旋转起来,旋转中将自己的巨龙之尾,生生拧断!以龙骨撑起了低垂的天口,形成一根临时天柱,星辰总算没有继续坠落了。

女娲元气大伤,身体缩小,慢慢飘落下来,落地时,化出人类一般的两条腿。

"妈妈!"赤子哭喊。

女娲带着苍白的笑意:"你看,妈妈再也没有尾巴了,完全跟孩子们一样呢。"

大家不知道该说什么,此前骂过女娲的人,此刻阵阵惭愧。

女娲抬头看着那个天洞:"我的龙骨也支撑不了多久,

关键是要把这天洞补好。"

"补天？如何补天？"颛顼惊道。

"我被困之时，只觉得王母的瑶池之玉，附有王母的法印，是灵气最浓也最坚固的东西了。或许可以补……只是这洞好似太大了。"女娲思虑道。

颛顼忽道："当年蚩尤叛乱，在昆吾山连百金之矿，出五色烟，得青铜，坚硬无比，能斩神杀龙，或还可以去采昆吾山之石？"

"甚好！"女娲点头，"那孩子们都去安全处躲藏，我去炼石补天！"

"妈妈，我要跟你在一起！"赤子叫道。

"孩子，你在这里能帮上妈妈什么忙？"

"不，我就留在这里，再也不跟妈妈分开了！"赤子说得很坚决。

"娲母，我也留下来！"颛顼道。

"我也留下！"

"还有我！"

一个，两个，三个……有一些本已离开的人，也都折返回来，誓与女娲一起补天。

"孩子们，你们再不走，可就来不及了。"女娲既感动，又焦急。

"死生事大，与母同在！"不知谁喊了这样一句话，接着所有人都喊了起来，最后汇聚齐整，终于响彻山谷，"死生事大，与母同在！"

"好，好，好……"女娲抚着赤子看向大家，"孩子们，就让我们一起炼石补天吧！"

那是一项艰苦卓绝的工程。九黎之人早先追随蚩尤，精通冶炼之术，当下赴昆吾山取材，从山中挖矿，并制石炉，有人拾柴添柴。追随禺疆而来的子民善于鼓风，就鼓起腮帮子，将炉子里的火吹得猎猎作响。

女娲则取瑶池的碎玉，又将灵气灌注于炉中，与百金之石一起熬炼。炼成的石头竟然呈五彩之色。

"娲母，这是轩辕剑，本是西王母之牙，可能是天地间最坚固的东西了，熔炼进来，可能更好！"颛顼献出了自己祖传的剑。

女娲欣慰地点头:"如此天顶才坚固,不再需要天柱支撑。"

长歌浩荡,惟道是从。大道在天,在地,在人,更在自然。

大家昼夜不息炼成的三万六千五百块五色石,被女娲升到空中,结阵填补在天洞的四周。那些五色石奇迹般地和天融合在一起,破损越来越小。

每补一块石头,女娲的法力就消耗一分,到最后,几乎已成强弩之末。当最后一块石头补上后,天合上了。女娲推倒了龙骨,天依旧好好地悬在高处。女娲舒了口气,从天际跌落在地,连站立的力气都没有了。

众人扶她坐下。遥望西北天空,云霞已不像此前那般通红,众人欢欣鼓舞,万众欢呼——"娲母!补天!娲母!补天……"

颛顼上天幕上巡游一遍,忽然面色慌张地落下来:"娲母!天出现了裂……裂痕。"

女娲挣扎起身，飞上天际，果然见原来填补处出现了一条小小的裂纹，就像玉的裂纹一样。天还是太重了！女娲以耳倾听，能听见裂痕生长的声音，以手堵之，能感到天上的灵气正在丝丝外泄。

千里之堤，毁于蚁穴。裂痕再不补上，补天便有前功尽弃之虞。然而，这时山中已无玉石矿石可采，即便有，女娲恐怕也没有时间将之炼成五色石。忧虑、惶恐、恐惧、悲伤，种种表情浮上众人的脸庞，连女娲也露出了些许绝望的神情。女娲的身体越来越大，顶天立地，心想：哪怕天再漏了，自己也能顶一会儿吧？于是，转头对着大地上的孩子们说："孩子们，快走吧！都走！妈妈……爱你们。"

赤子却升到了女娲的肩头，带着玉色光球："妈妈，还有我呢。"

"孩子，你说什么？"女娲硬撑着微笑。

"妈妈，我就是瑶池的玉呀！"赤子说。

"赤子，你在胡说什么呢？"女娲斥道。

"邦叔叔说过,我是妈妈以瑶池里的玉石所化生的,可能就差我这一块呢!"赤子喊道。

女娲忽地愣住了,目光又变得温柔起来:"妈妈知道你勇敢。你知道妈妈最快乐的时光是什么时候吗?"女娲看着赤子,仿佛回到了当年的时光,"就是跟你在一起的时候。妈妈知道了当妈妈的感觉,知道要去唤醒你的哥哥姐姐……"

"幸好有赤子,妈妈借你的眼看到了人间。我与你们今日刚刚重逢,便要遭此劫难……不过,你我临死之前都能在一起,至少也还算是一件幸运的事。"

大地上,人类都在祈祷,所有人默默闭上双眼,有人轻轻唱起歌谣。一人开头,其他人也就慢慢加入,涓涓细流般的歌声渐渐汇聚成大江大海的合唱,那是让人类觉醒的歌谣……人们唱得泪流满面。

女娲心如刀割。她顶着天,试图凝聚天地间的最后一丝灵气。然而她只感觉到刺骨般的冷——灵气早已被吸取殆尽。

天色已暗，夜风骤起。风声掩盖了遥远处的巨响，也掩盖了赤子的歌唱。赤子唱着歌，从妈妈的肩上升起，周身越来越亮，越过女娲的脸庞，抵在女娲撑起的裂痕处。

奇迹出现了。裂痕和赤子一同消失了。

"赤子！"女娲的身体在迅速消失，脸上还带着笑容，但再也没能喊出一声"孩子们"。

地动山摇，热风再次从西北袭来。女娲的身体化作一道绚丽的白光。天地先是大放异彩，继而在瞬间收敛，回归寂静，乃至暗淡无光。

众人在黑夜中等到天明，也不见女娲和赤子，皆放声大哭。

昆仑山的山顶，有三足青色巨鸟，巨鸟的爪子上，立着一个模糊的影子。那影子在摇头叹息，发出的却是西王母的声音："就放过你们吧……"

人类还在巨变中顽强地延续。

天地从此不再相通。颛顼退位，天上由帝俊（喾）执掌，开始重生日月，整顿神规。下界由人类自己掌握命运。